瓜 园

田邦利 — 著

济南出版社

图书在版编目（CIP）数据

瓜园 / 田邦利著 . -- 济南：济南出版社，2025.
7. -- ISBN 978-7-5488-7472-0

Ⅰ . I247.5

中国国家版本馆 CIP 数据核字第 20259B25A6 号

瓜园
GUAYUAN

田邦利 著

责任编辑	张　静　孙益彰
装帧设计	纪宪丰

出版发行	济南出版社
地　　址	山东省济南市二环南路 1 号（250002）
总 编 室	0531-86131715
印　　刷	济南乾丰云印刷科技有限公司
版　　次	2025 年 7 月第 1 版
印　　次	2025 年 7 月第 1 次印刷
开　　本	160mm×230mm　16 开
印　　张	15.5
字　　数	180 千字
书　　号	ISBN 978-7-5488-7472-0
定　　价	59.00 元

如有印装质量问题 请与出版社出版部联系调换
电话：0531-86131736

版权所有　盗版必究

故事素描

"瓜园"既是个实实在在的瓜园,又是个象征。生产队的活儿好多,种瓜是活儿,种菜、看坡、看场是活儿,耕地、耩地、耪地是活儿,队长、会计、保管也是活儿,活儿有好有孬,种瓜是个好活。生产队长换了又换,种瓜的还是五爷。方正心无旁鹜,队长让干啥就干啥,困苦艰难中一门心思地供孩子念书,他的心目中也种着"瓜",经管着一个瓜园,一个好大好大的瓜园。

因供孩子念书,方家到了家徒四壁的境地。同情的有,不解的有,摇头的有。方华子高中毕业回了家,扛起了锄头,耪起了大地,找亲就成了一个难题。国家恢复高考,方华子考上了大学。读书无用论随着高考的恢复一扫而光,上学念书成了农家子弟走向成功的门路,乡亲们又讲述着方正与方华子的故事。

五爷的外甥想种瓜,向舅舅请教,五爷说,想种就种呗,在自己的承包地里种瓜有啥难的?生产队时种瓜,难在不是种瓜,难在揽下种瓜这个活儿。五爷说,在生产队时,瓜种得好还是方正。

目 录

第一章

一　种瓜的还是五爷 ... 002

二　五爷请二海吃饭 ... 008

三　方正心中有个瓜园 ... 015

四　狗剩打猪飞了棍 ... 019

五　五爷向华子招手 ... 032

六　又是一年的守望 ... 041

七　开园 ... 050

八　夏天里的瓜园 ... 056

九　五爷给了个大甜瓜 ... 062

十　好大一堆瓜 ... 067

十一　拔园 ... 078

十二　二法肉食站卖猪 ... 083

第二章

一　年夜里方正教子 ... 090

二　瓜园里五爷逮鼠 ... 099

三　五爷嫌秋生多问 ... 105

四　小玲嘴一撇哭了 ... 111

五　老世交肺腑之言 ... 117

六　烈日下方正游街 ... 129

七　半夜里方正惊梦 ... 136

八　秋八月闷子看坡 ... 142

九　孤儿寡母花做媒 ... 153

第三章

一　庄户人家的孩子 ... 162

二　大水冲了龙王庙 ... 166

三　苗苗喊华子见面 ... 170

四　西天上一道彩虹 ... 177

五　媒人吃了闭门羹 ... 181

六　华子报名去挖河 ... 189

七　分瓜分出了学问 ... 196

八　方正动辄就发火 ... 200

九　碌碡来啦 ... 208

第四章

一　考上了那就上吧 ... 220

二　一中来了个方老师 ... 225

三　华子路遇老搭档 ... 228

四　五爷寿辰叙衷肠 ... 236

AI听书

第一章

|一| 种瓜的还是五爷

广袤的鲁北平原上，有一个自然村叫伍庄。一九五八年人民公社成立时，伍庄叫伍庄大队，大队下分生产小队，生产小队，通常被人们称作"生产队"。伍庄大队分了八个生产队。伍庄第一生产队有三十户人家，一百五十口人，耕种着四百亩地。生产队自主经营，独立核算，自负盈亏。生产队里的每一个人都是人民公社的一员，男男女女，老老少少，都有一个共同的名字叫"社员"。

生产队就是农村的一个大家庭，庄户人家有啥，生产队就有啥。生产队有饲养处——一个大的院子，是喂牲口的地方。院子里有牛栏（简易的土屋子，有门有窗户），有车棚，有仓库，有放农具的小屋子，院子的边角处有猪圈。生产队开会、记工、分配农活儿啥的都在饲养处。

伍庄一队的饲养处有棵歪脖子枣树。枣树的根部离牛屋很近，枣树就探着身子歪着脖子往院子空旷的方向生长。伸向院子的一根长的枝干上，吊着锈迹斑斑的半片犁铧，是用来当铃敲的。半片犁铧招呼着一队人马。

这一年的阴历二月十五晚饭后，伍庄第一生产队的铃响了。

生产队里开会，社员们一个一个陆续来到饲养处。五爷也来了。开春，生产队开始干活了，又刚换了队长，能来的都来了。

十五的月亮照在院子里，把院子照得如同白昼。皎洁的月光洒在地上，像一地霜，越发让人感到春寒料峭。

"天冷，不多说，说一个事，说完安排活儿。"

"猪羊啃麦苗子……"

"吭，吭。"

新队长上任，众人面前说话有些不大自然，讲着话羊咳嗽①。

"有的人太不自觉，都什么时候了，猪还撒着，羊还撒着，让它啃麦苗子！咱把话说到头里，明天大队查坡的开始查坡，见外边跑着的猪、跑着的羊就打，打死白打死。春天里查坡没啥查的，就是查猪，就是查羊，打死白打死，可别说没说给你。不像话，太不像话，都什么时候了，猪还撒着，羊还撒着，让它啃麦苗子！"

冬天里天寒地冻，有些户家猪撒着，羊撒着，让猪羊去坡里啃食麦苗。天一转暖，麦苗发青，撒着的猪羊差不多都拦了起来，个别户家还撒着。大队领导拿着喊话筒，爬到屋顶上，咋呼了三个晚上，要社员把猪羊拦起来，有的人就是不听。谁家的猪还撒着，谁家的羊还撒着，队长是知道的，知道归知道，却是不好明里说，明里说得罪人，就开会不指名道姓地说。

"……都啥时候了，开春了，化冻了，麦苗子返青开长了，猪还撒着，羊还撒着！就你心眼多，就你会盘算，就你会过日子，把猪撒着，把羊撒着，让它啃麦苗子，省下喂，省了工夫又省了饲

---

① 山东方言。指轻微的咳嗽。

料。有的人就是光顾自己不顾集体！要是自家地里的麦苗子能舍得让猪啃让羊啃吗？肯定舍不得，队里的麦苗子就舍得了。不像话，太不像话！都啥时候了，猪还撒着，羊还撒着，让它啃麦苗子！队里的麦子减了产，少分给你一斤麦子恐怕你都不愿意。不像话，太不像话！都啥时候了，开春了，化冻了，麦苗子返青开长了，猪还撒着，羊还撒着！"

队长说着说着声音就高了起来，话中带了气，嘴角上挂了沫，唾沫星子一飞老远。一个事，说过去又说过来，说说停停，停停说说，说了够半个小时。

一队，羊还撒着的就刘一仁，猪还撒着的就伍二法。

刘一仁知道说的是他，脸上红一阵白一阵的。红一阵白一阵过后，是微微一笑。那微笑里透着一种能耐，伍庄没人能比得上的能耐。一只羊，搭眼看一看，用手摸一摸，哈腰抱一抱、掂一掂，羊多沉，出多少肉，出多少油，估得透透的。羊皮能卖多少钱，也说个八九不离十。

刘一仁家里常年喂着羊，不多喂，就喂一只。有空就牵着去赶集，羊市里转转，开个价，赚钱就卖，卖了再买，从中赚个油（点灯油，煤油）盐钱。不声不张，小本经营，割资本主义尾巴割不着他。

"明天，明天一定得把羊拦起来。"刘一仁心里说。

伍二法知道说的是他，坐在那儿却是没事儿似的，一个耳朵里听，一个耳朵里冒，心里说："不像话的事多了，像画（话）早贴墙上了。说吧，说吧，不怕累得慌，不怕口干，不怕舌燥，不怕嗓子疼，不怕喉咙哑，不怕磨破嘴皮子，就说。絮絮叨叨！"

"絮絮叨叨！"

心里的话在心里说，越说越激动，话到末了没能拢住，让它溜出了口。有人嘿嘿地笑着向伍二法这边看过来。队长往伍二法这边斜了一眼，脸老邦邦地板着，倒是没说啥，却是一触即发的样子。

伍二法更是不说啥。一院子的人都不说啥，没有一个说话的。嘿嘿笑的也不嘿嘿了。院子里是片刻的宁静。

谁家的猪还撒着，谁家的羊还撒着，这事不光队长知道，社员也知道。都知道，但都不说。不是啃了自己房前屋后的小树，不是啃了自家自留地里的庄稼，就都不管，都不说，都不去得罪人。生产队里的庄稼说是大家的，说是人人有份儿，却又都觉着不是自己的，与自己无关，和自己离得老远老远，出五服了。

或许是伍二法的一句话管了用，猪羊啃麦苗的事队长不再说了，不再絮叨了，立马就打住了。一个小风波，像一个小旋风，忽一阵子就过去了。队长的脖子不梗着了，脸不板着了，脖梗软了下来，平下心来安排明天的活儿。有抠地的，有出地栏的，有运粪的，有铡草的，有上地瓜炕的。

队长一说上地瓜炕，会场里一阵喜气洋洋。

上地瓜炕，就是从地瓜井子里拿出种地瓜，将种地瓜排在育秧炕上育秧。上地瓜炕，人们能吃到鲜地瓜。生产队要是留的种地瓜多，育秧用不了，上完地瓜炕每人还能分几斤，家家户户能煮地瓜吃。春天的熟地瓜，流着蜂蜜一样的糖稀，又软又甜，格外好吃。

队长把明天的活儿安排完了，五爷不见有他的活儿，正想问一下，队长说话了。

"五爷，种瓜。"

换了队长,种瓜的还是五爷。

五爷点头应着,心里那个高兴劲就甭说了,屁股在小板床上略略地挪动了一下。"瓜地在哪坡?"五爷问。

队长说:"在西坡。西坡那块地长性不错,这几年也没在那坡种瓜,掐出一片地种瓜。"

瓜怕重茬,种过瓜的地,三年之后才能再种瓜。

五爷姓伍。五爷亲兄弟两个,他为小,排行却是老五,这是他爷爷的安排。五爷的爷爷有两个儿子,五爷的爹排行老二。为了亲近,老爷子就把孙子——不管哪屋里生的,从大到小一溜儿排下去。五爷的大娘生有三个男孩,三个男孩都比他大。一个亲哥哥,三个叔伯哥哥,排到他这儿,男孩是第五个,自然就是老五。往下五爷的大娘和母亲都没再添男孩。五爷上边还有一个姐姐,下边还有一个妹妹,和五爷都是一个娘的娃娃。

五爷祖上日子穷。穷人大辈,五爷辈分大。五爷还是小毛孩子时,村里一些同族老人就"五爷""五爷"地喊他了。随着岁月的流逝,随着人口的增长,村子里称呼他"爷"的人一年比一年多。有称呼他爷爷的,有称呼他老爷爷的,有称呼他老老爷爷的,还有称他老老老爷爷的,不管爷字前边加几个老字,都删繁就简,称呼他"爷"——"五爷"。因"伍"与"五"同音,外姓人称他,称的是"伍爷"还是"五爷"? 想想,"伍爷""五爷"都中。

"五爷,多种点面瓜。十道纹面瓜,粉红色的瓤儿,又大又面又香又甜,老头老太太喜欢。"

"五爷,多种到口酥。到口酥,到口酥,到口一咬就酥了。又酥又香又甜。"

"五爷，多种棱棱子梢瓜，种黄瓤的。黄瓤的棱棱子梢瓜，吃起来清脆爽口，还有点儿香。"

"五爷，多种黑汉腿梢瓜。黑汉腿梢瓜不熟时肉歪歪的，熟到落把，可好吃了，也香也面。那个香，那个面，和别的瓜不一样。"

"五爷，西瓜还是花皮的好，花皮西瓜黄瓤棋盘子。棋盘子比黑子、红子好嗑。"

"五爷，西瓜还是黑皮的好，黑皮西瓜红瓤。红瓤比黄瓤好吃。"

"……"

散了会，往家走着，走到院子门口，东胡同西胡同的，道南道北的，要分帮了，脚步都慢了下来。都慢慢地走着，给五爷提着种瓜的建议。

五爷一一应着，说："啥瓜好吃，咱就种啥瓜。"

五爷中等偏高的个头，脊背有点儿驼，不苟言笑，走道慢悠悠，说话也是慢悠悠。五爷的话面，就像他种的十道纹面瓜。

二　五爷请二海吃饭

第二天早饭后，新上任的队长伍二海来到饲养处，揪起挂在牛栏门框上的铃绳，枣树上的半片犁铧就当当地响了起来。

运粪的推着车子带着铁锨，上地瓜炕的挎着提篮，铡草的拿着小板床……一个个自带着干活的工具走出家门。看看各项活儿都开工就绪了，伍二海叫着会计孙长林来到五爷家门口，喊着五爷一块去了西坡。

地是一块南北为长、东西为宽的长方形地。地的北头是一条大道，进地出地都是从北头。瓜地要是选在地南头，进出不方便，就选在地北头。五爷说，往里些点，瓜地靠道不好看管。队长说，那就往里些点。

三个人顺着东地边往南走，走进一大截，队长停下来，回过头往北地头看。五爷和会计也停下来，也往北地头看。队长问五爷："从这里量起？"五爷又往北地头看了看，觉着离道不远也不近，说："行。"

队长从五爷手中拿过锨，在脚下培了一个小土堆。会计就从小土堆开始步量，迈着一步七十五厘米的大步，一边往南走，一边一、二、三、四……默默地数着，队长拿着锨后边跟着。会计停下来，用脚尖点了一下地，队长拿锨在会计点的地方培了一个小土堆。

会计从小土堆量起，一个人迈着大步，从东地边步量到西地边，又从西地边步量着趄回来。会计蹲下身子，扑拉了一下地上的浮土，划拉着算了一阵子。

"几亩？"队长问。

"二亩半。"会计说。

"少点。"队长说，"人口不断地增，瓜地也得随着增加点。"

会计又往南迈了十大步，用脚尖在地上点了一下，说："到这，三亩只多不少。"

"三亩，三亩就行。"

队长在会计脚尖点的地方培了一个小土堆，把前边那个小土堆铲平。

三个人来到西地边，找出对应的两个界点，队长在每个界点处各培了一个小土堆，把锨还给了五爷。

瓜地掐出来了，三个人围一圈蹲下来。队长、会计从口袋里摸出纸条，正要掏烟荷包，五爷从腰带上取下旱烟袋，递了过来，说："你俩尝尝这烟，尝尝这烟。"五爷抽的烟是自己种的。五爷的烟荷包就系在烟袋杆上。两个人从五爷的烟荷包里取了烟，放在纸条上，摊匀，轻巧地捻了几下，再往嘴巴上轻轻一贴，舌尖送出一抹唾沫，将纸边粘合。一支一头细一头粗、小喇叭似的自卷"香烟"就成了。

"长林，记着，今日是阴历二月十六。"抽着烟，五爷对会计说。

五爷种瓜从二月十六算起，直到拉秧拔园，有一天记一天的工。 从这天开始,晚饭后五爷就不去饲养处开会、记工、听从队长分配活儿了。 谁种瓜,一旦定下来就不换了,不能今天张三,明天李四。 不能和耪高粱那样,一垄高粱,第一遍这个人耪,下一遍还不知谁耪它。 种瓜,一种就是一年。 别人的记工本上一天一天考着勤记着工,而一年到头五爷的记工本上记不了几笔。 五爷的工分好算,一天七分,掐准天数,到了拢分结账的时候,会计拿过算盘子,一个乘法就算出来了。 拿过记工本,一笔就记下了。 五爷的记工本上,记工笔数虽不多,但工分不少。 常活儿,按照板凳数腿,有一天记一天的工,没有头痛胸闷,没有阴雨打搅,没有待亲访友,没有赶集上店,没有这事那事的误工。

队长、会计走了,五爷留下来,开始了一年的劳作。 他悄悄地从瓜地南头的两个界堆量起,将瓜地的边界向南扩了一锨把。 把原来的两个界堆铲平,在新的边界处培上新的界堆,用锨拍实,又去了北边两个界堆,往界堆上各加了两锨土,用力拍了拍,这样四个界堆就一个样了。 接下来,五爷就用锨将没耕好的地边地沿掘了掘,整了整。 这么一掘一整,移动界堆的痕迹就一点也看不出来了。

去年秋后耕地,这片儿地是绞耕的,地的中间有一个墒沟。 墒沟阳土少,长性不好。 五爷抡起锨,一锨一锨,从高的地方铲土,将瓜地里的墒沟填平。 填平了墒沟,五爷身上冒出了汗。

五爷抬起脚,用鞋底擦了擦锨头,将锨往地上一戳,蹲下来,抽了一袋烟。 抽着烟,端详着一片瓜地,盘算着一年的劳作与收获,心中又一次升腾起土改分地时的那种喜悦。 啪啪啪,五爷在锨头上磕掉烟灰,吹了吹烟袋,遂将烟袋别在腰里。

五爷站了起来,迈开大步,像会计那样,一步一步地步量瓜地，也是一、二、三、四……默默地数着。烟荷包在屁股后面欢快地荡着。五爷步量瓜地的长和宽，步量了老半天，却不知道这地亩数是怎么算出来的。

一个小旋风卷着尘土碎叶呼呼地旋了过来，五爷身上、脸上蒙了一层土。小旋风过后，五爷扑拉了一下脸，拍打了一下身上的土，挥动着臂膊，着了魔似的喊："锁住，好好念书。"

锁住是五爷的儿子。五爷盼着儿子念书考个好成绩。

吃过早饭，洗了碗，刷了锅，喂了猪，五奶奶拿出一把干豆角放进盆里，清水泡上，准备着响午的饭。响午她要给一家人改善一下生活：大锅里炖豆角，锅帮上贴白饼子。

五奶奶姓陆，乳名叫妮子，大名叫陆妮，娘家是本乡陆家村的。五奶奶在娘家辈分小，人们都叫她"妮子"。小时叫她妮子，大了要出嫁了还是叫她妮子。从陆家村来到伍庄，嫁给五爷，辈分就陡然高了起来。昨天还是陆家村的妮子，洞房花烛夜之后，天明醒来，竟成了伍庄的奶奶。忽觉一夜白了头。年轻轻的就被人们"奶奶""奶奶"地叫，乍一开始，还有些不适应，还有些不好意思答应呢。五爷就说她，就开导她："慢慢地就适应了，慢慢地就好意思答应了。嫁鸡随鸡，嫁狗随狗，不管妮子丫头，嫁给爷爷就是奶奶。奶奶也不老。"

五爷下地回到家，放下锹，来到火屋门口，张口要说话，让烟呛了一下子，朝天井打了一个喷嚏，回过头来问："还……还有面吗？"五奶奶往灶膛里添了一把柴，来到火屋门口，扶着门框说："有，还有冒鼓鼓的一瓢子，三斤半面。有事吗？""想请二海吃顿饭。""行。擀上两张油饼，还不够你们两个人吃的吗？""可不能光吃饭，也得喝盅酒。有啥菜？""菜？"五奶奶想了想，"锅里炖的豆角，快熟了，盛上一盘豆角。还有一棵干巴白菜，再炒上一盘白菜。还有几个鸡蛋，和上点面，煎一盘鸡蛋面糊。再……"五奶奶想了半天，也没想起再来盘啥菜。

伍庄人的讲究，请人喝酒，怎么也得四样菜，不然难成敬意。

大街上梆子声由远及近。

五爷说："换斤豆腐，再炒上一盘豆腐。"

卖豆腐的来到了大门口。

"换豆腐。"五爷院子里轻轻地喊了一声。

卖豆腐的放下挑子，手中的梆子依旧轻轻地敲着。

五奶奶将灶膛周边的柴火往锅底拢了拢，急促地拉了几下风箱，停了火，将火铲子往灶台角一竖，拿簸箕盛了地瓜干，又从火屋里拿了碗，去了大门口换豆腐。

人们都是换豆腐，很少有人拿现钱买豆腐。个别拿现钱买豆腐的，不用问，家里一定是有挣工资的。这样的户家不多，一个村也就三五家。

换豆腐，有拿豆子换的，有拿地瓜干换的。拿豆子换豆腐，老辈子兴下来，一斤豆子换一斤半豆腐。用地瓜干换豆腐，要看市场上地瓜干与豆子的比价，通常好地瓜干一斤半换一斤豆子。换豆腐，十家有九家半拿地瓜干换。

三年生活困难过后，人们首先考虑的不是吃好，而是吃饱，能吃饱饭就行。地瓜稳产高产，生产队就大量种地瓜。地瓜和地瓜干成了社员的主粮。地瓜干还成了商品交易中的"硬通货"，人们拿地瓜干换豆腐、换虾酱、换酒，货郎来了抓把地瓜干也能换针换线，可说用地瓜干啥都能换。

卖豆腐的接过五奶奶手中的簸箕，拨拉着地瓜干看，从地瓜干里挑出一根草梗，一个花生米大的土坷垃，对五奶奶说："瓜干皮子多，一斤七两换一斤。"五奶奶没吭声。卖豆腐的从豆腐架子上摘下小铁丝筛子，将地瓜干倒进筛子里，晃了晃，地瓜干里的尘土碎屑就落了下去。

不到二斤一两地瓜干，换了一斤二两豆腐。

五奶奶说："豆角已经炖熟，他来了，先给你俩盛一盘豆角喝着酒，那三个菜也好炒，炒完菜再擀饼。"

锁住和雨窝放学回家来了。

"锁住，你去叫叫二海。"

"啥事？"锁住问爹。

"你管啥事干啥，到那里叫着他，拖着他就来。"

锁住领命，胡同里摇头晃脑，噔噔噔，一口气跑到二海家。也不说啥，天井里、屋里，小老鼠寻食般地寻二海。二海家的问："找他有事吗？"锁住也没哼哼出啥事，只说爹让来叫他。二海家的也就猜个十有十成了——五爷请他吃饭，遂告诉锁住："到家跟五爷说吧，他去二法家了。二法家有客，陪客去了。"

"二海去二法家陪客了，陪客脱不开身。那就吃饭吧。"五爷对雨窝娘说。

五奶奶盛了菜，让两个孩子吃饭。她又炒了一盘豆腐，让五爷喝盅酒。

两个孩子一人一碗炖豆角，饼子就在干粮簞子里，随吃随拿。饼子是三合面的白饼子，三分之一的豆面、三分之一的玉米面、三分之一的地瓜面，和地瓜面黑饼子相比，这就是白饼子。黄澄澄、香喷喷的白饼子，就着肉头头的炖豆角，算得上一顿美餐。二月二那天，一家人曾是这样美美地吃了一顿。

干豆角是样好菜。有粉条配上粉条；没有粉条，将干豆角泡好，葱花油盐炝锅，光炖豆角就挺好吃。就着炖豆角，雨窝吃了一个大饼子，锁住吃下一个大饼子还不够，又掰了一块。

吃了饭，雨窝问娘："今日啥节日？"娘小声说："队里开会又定下了，今年你爹还是种瓜！"两个孩子听了，恣得在院子里又蹦又跳。

爹种瓜，两个人短不了要去瓜园给爹送饭。雨窝记得第一次去瓜园给爹送饭，爹给她摘了一个小白丫梢瓜，瓜不大，还青着呢，却是很好吃。锁住记得第一次去瓜园给爹送饭，爹摘了一个大南瓜放在篮子里，上面盖了一把青草。他将南瓜提回家，晚饭一家人喝的南瓜粥。锁住还记得那天他提着南瓜回家时，在道上遇见了华子。华子剜了一篮子苣苣菜，华子说晚饭喝苣苣菜黏粥。

|三|　方正心中有个瓜园

二月十六这天，方正的活儿是铡草。

铡草，将长的饲草铡成一寸长的草段，好喂牲口。铡碎了的饲草，用筛子筛去尘土，倒进石槽里，往草上洒上点水，再撒上精料，玉米面、高粱面、地瓜面、麻糁、麸子什么的，一拌合，牲口爱吃，还少浪费饲草。

铡草，用铡刀。一口铡刀要两个人，一个摁刀的，一个续草的。摁刀的握着刀把，哈腰蹲身，一刀摁下去，接着挺身，提起刀来让续草的将草续到刀下。续草的拿着扒钩子，从草堆上将要铡的草一点一点地扒过来，把草打理成不厚不薄不宽不窄的草排，两手卡着草排，两胳膊拥着，将草排送上刀床。刀起刀落，咔嚓，咔嚓，一点一点，长的草排就截成了碎的草段。

摁刀这活儿要的是腰劲和臂力，摁刀的多是年轻人。续草这活儿脏，续草的在刀床前头的一侧，和摁刀的对面坐着，坐着小板床或木墩子，矮坐着，肢体蜷曲着，很是窝憋得慌。续草的要有耐心，干活要沉稳，年轻人不喜欢干这活，续草的多是岁数大的。

摁刀这活儿一看就会，续草这活儿可不是一看就成。续草是有技巧的，有些饲草如麦穰，短而滑，很难打成草排，一般是秆草和麦穰一块铡。秆草做包皮，麦穰做包穰，用秆草将麦穰包起来铡，这活儿叫"包草"。包草这活儿不是看一下就能包得了，更不是看一下就能包得好。

续草是有危险的，如有不慎，手指头上了刀床，摁刀的再不注意（草下面的手指头，摁刀的也不好注意，只能续草的依规操作，自己有数，自己掌控，手指不上刀床），咔嚓一下，手指头就去掉一截。

这天，队长安排了一口刀铡草。摁刀的是伍二湖，续草的是方正。铡草就在饲养处的院子里。铡草的，不管是谁，都习惯了在歪脖子枣树下。

吃过早饭，两个人来到饲养处。放下小板床，伍二湖从车棚里搬出铡刀，方正扎好裤腿和袖管。咔嚓，咔嚓……院子里响起了铡草声。

饲养员伍大来拿着杈把，背着耳筐（一种背草的大筐，筐的上面有两个耳子），将铡好的草一筐一筐背进草屋。草堆旁觅食的麻雀，随着伍大来进出草屋，腾腾地飞起，又呼呼地落下。

生产队的地瓜炕在一个闲园子里。歇息的当儿，伍二湖悠悠荡荡地去了闲园子，拿了两块地瓜，又悠悠荡荡地回来了。两块地瓜，自己一块，方正一块。方正怕凉，牙也不好，没要。二湖便将一块地瓜放进了衣兜，拿着一块地瓜去了水缸旁，撩着水洗了洗，衣襟上擦了擦，就咔吧咔吧地吃了起来。

晌午了。收了工，方正解下腿上、胳膊上捆着的保护裤腿和袖管的破麻布片子，倚着枣树身子，挺腰直背蹭痒痒。伍大来笑着说："腰疼吧，续草这活儿，高个子不吃香。"伍二湖接着说："摁刀这活儿，哈腰蹲下，直腰挺身，蹲下起来，起来蹲下，也是咱这矮个子好。""高个子也有高个子的好处。"方正说着，踮脚举手，把破麻布片儿连同扒钩子很轻松地放在了树丫上。下午还是铡草，一套家什就不往家拿了。

方正将小板床放在一个不碍事的地方，捡起从秆草里寻的几个毛毛虫大的谷穗子，手里攥着，慢悠悠地往家走。进家，天井里站着，手掌对着手掌，将谷穗子搓了搓，谷粒就从手指缝里稀稀拉拉地散落在地上。几只老母鸡跑过来抢食，枣树上的麻雀也腾腾地飞了下来。

华子娘已经将饭端上桌。干粮是掺了糖菜的地瓜面窝窝头，菜是咸菜辣椒，喝的是大锅水①。

吃过午饭，华子娘说华子爹："咱家是下中农，成分也挺好。一年一年的，你就知道在生产队里干活挣那点死工分，也不想个法子弄点事干。会计干不了，队长、保管可干得了。保管员不就是拿着仓房门上的钥匙，开门关门吗？拿着仓房门上的钥匙，有点好事就落不下。我看队长这活儿也好干，谁都能干得了，是个人都能干得了。队长这活儿干好干歹都行，就是干不好，也没有哪个人好意思找上门来不依不饶。连自己的小家庭都掌管不好的人，一样干队长。队长、保管干不上，想个法子种菜、种瓜也行。种菜、种瓜这些活儿也都是有油水有想头的，你看看人家五爷……"

华子娘往华子爹这边凑了凑，胳膊肘儿压着桌子，小声地、神秘兮兮地对华子爹说："那是我亲眼看见的，年时夏天我和二海家的都在自留地里干活，都是翻地瓜蔓子，拔地瓜地里的草。五爷

---

① 传统烹饪中蒸馏食物后残留的水。

提着篮子来到二海的自留地头上,从篮子里拿出一把豆角、一个大南瓜,塞在了地瓜蔓子底下。五爷把豆角和南瓜放下,轻轻地咳嗽了一声,二海家的回头,五爷往地上指了指就离开了。二海家的又干了一霎活就不干了,把南瓜、豆角拾进篮子,篮子上盖了一把草,又掐了一把地瓜叶,提着篮子回家了。我戴着席帽,在地瓜地里蹲着翻蔓子拔草,又加上一家一户地界上的长梃子高粱挡着,五爷可能寻思我是不会看见的,可我偏偏看见了,一歪头就看见了,从高粱棵空里看见了,看得真真切切。二海家的往篮子里拾南瓜、拾豆角我也看见了,都看见了。"

"你说……你说五爷咋知道二海要干队长呢?"

华子娘眼巴巴地看着华子爹。

方正椅子上坐着,一边慢慢地吸着烟一边仔细地听着,听华子娘唠叨。华子娘唠叨了一大阵子,他听了一大阵子。华子娘唠叨完了,他的一锅子烟也吸透了。华子娘想听男人说个明白,男人却是啥也没说,使劲地嘬了一口烟,往桌子腿上磕打掉烟锅子中的烟灰,吹了吹烟袋杆,拿过一旁放着的细铁丝,将烟袋杆捅了捅,又吹了吹,烟袋杆挺透妥了,遂将烟袋轻轻地放在桌子上,这才慢悠悠地说了一句话:

"一碟子半碗的,我没看在眼里。"

在方正的心目中,他也种着"瓜",经管着一个"瓜园",一个好大好大的"瓜园"。

四　狗剩打猪飞了棍

伍庄的村西头有个湾。解放前，这个湾的西崖有村里的一块公共用地，叫"乱葬岗子"。村子里，不分姓氏，不分家族，不分穷富，谁家的孩子生下来就死了，或是才几个月得了个什么病就殁了，进不了祖坟，就来乱葬岗子掩埋。

来乱葬岗子埋孩子的，多是孩子的爹娘。沙土布袋、小袄、小裤的给孩子穿好，用小半褥子、草苫子、苇席子什么的将孩子裹好，娘抱着孩子，爹扛着铁锨，来到乱葬岗子上，刨个窝子，烧上一沓纸，当娘的小声哭着，当爹的抹一把眼泪铲起一锨黄土，先是慢慢地将土放下去，见土盖住了孩子，铲土就快了，一锨一锨，将孩子掩埋。

乱葬岗子上的墓穴，比各家坟茔中成年人的墓穴要小得多、浅得多，且没有砖池子，没有棺椁。说是墓穴，其实就是一个小小的土坑。墓穴上面没有坟头，就是有坟头也不大，尸腥味透过那蓬松的草苫，透过那薄薄的土层，很容易散发出来。狗闻到腥味就扒，扒出死小孩子来就吃。乱葬岗子上的荆棘丛里，散落着被狗撕扯的草苫子、苇席子和被狗撕碎的小孩子衣裳，被狗扒空的坑穴，一个一个洞开着。

狗剩娘怀着狗剩时，一天来湾里洗衣服，抬头见对面的湾崖上有三条狗，三条大狗，一个一个脖子伸着，四腿撑着，争拽着撕咬一个小孩的尸体。惨不忍睹。她撂下手中的活儿，回家拿了一把铁锨，不顾身有孕，腆着个大肚子，跑到岗子上打狗。吃死小孩子吃红了眼的狗，岂是一打就跑的？打退了这个，那个又上来了，三条狗轮番上阵。舌头舔着嘴唇，眼睛盯着死小孩子，就是不肯离去。直到她抡起铁锨，咣的一声，锨头打中了一条黄狗的头，黄狗头上流着血，嗷嗷地叫着跑了，另两条狗也才败下阵来。她抡着铁锨不停地打，两条狗这才恋恋不舍地离开。

"可怜的孩子！""这是谁家的孩子？"她说着，一锨一锨，把被狗撕咬得血肉模糊的孩子的尸体重新掩埋好。

十月怀胎，一朝分娩。狗剩呱呱落地时，乱葬岗子上那惨不忍睹的一幕，又呈现在狗剩娘的眼前。她向天作揖，为孩子长命而祈祷。她给孩子起名叫"狗剩"。狗剩，狗不吃的，剩下的，自然是长命百岁的。

狗剩姓苟。狗剩一天一天长大，到了该起大名的时候，狗剩爹找到先生，让先生给儿子起个名。先生略略地一想，连书本子也没翻看，就笑着对狗剩爹说："孩子小名叫'狗剩'，大名也叫'苟盛'就挺好。"狗剩爹听了，先是一个愣怔，没等他开口说啥，先生已拿过笔墨，在纸上写下了"苟盛"两个字。狗剩爹认得"苟"，却不认得"盛"。先生冲狗剩爹笑眯眯地道出"盛"的含义，狗剩爹一想，自家姓苟，儿子小名"狗剩"，大名"苟盛"，小名大名一个音，叫起来挺顺的。说好便好。

狗剩的姨父是伍庄大队会计。在姨父的关照下，狗剩干上了"查坡"这活儿。查坡的虽说不是大队领导，但权力不算小。查坡的干的是大队的活,直属大队领导,不管哪个生产队的庄稼,都在查坡的看管下。 查坡,就是这坡里那坡里转悠,或是路口、桥头把着,看着哪个可疑,看着哪个不顺眼,就翻。 翻篮子、翻口袋、翻衣兜。 翻着麦穗子、西瓜、南瓜、甜瓜、梢瓜、茄子、黄瓜、冬瓜、高粱穗子、谷穗子、棒槌子、豆荚子、棉花、花生、地瓜、萝卜,只要是生产队的地里出产的东西,就没收。

查坡是个好活。 查坡的查人家,不查自己。

这天,狗剩提着棍子,在围庄子的地里转悠,转到村西头,转到湾崖上,转到乱葬岗子上,他想起了娘给他讲的那惨不忍睹的一幕,他想到了自己的小名"狗剩",脊背一股冷风吹过,禁不住打了一个寒战。

解放后,人们的生活条件渐渐地好起来,卫生医疗条件也好了,国家推行新法接生,婴幼儿死亡率大大下降,来乱葬岗子埋孩子的人一年比一年少,很快,乱葬岗子就废弃了。 昔日的乱葬岗子,已经绿树成荫。

狗剩穿过乱葬岗子上的小树林,来到一队的麦地里。 麦地里一头猪正大口地啃食着麦苗。 鸡呀、鹅呀、鸭呀也都在地里欢快地吃着。

一只狗腆着肚子,在麦地里寻食,人还没看见它呢,它已经看见人了,撒腿就窜。 窜下不远,回过头来看看。 狗剩蹲身哈腰作拾砖头状,那狗便撒腿没命地跑。 狗剩嘿嘿一笑,心里说:"跑啥跑,跟你闹着玩呢! 你不吃俺,俺也不打你。"一只鹅抻着长长的脖子,惊觉地嘎了一声,迈开大步往地头走去。 鸡们个个梗着脖子,脑袋一抖一抖的,咯一声咯一声地叫着,鸹一口麦苗抬头看看,鸹一口麦苗抬头看看,知道是有人来了,却是不情愿离开这个地方。 一只鸭子扭动着屁股，迈着鸭子步，一跩一跩地往地头走去。 天上，几只乌鸦拉长了嗓门，"啊——啊——"地叫着，从西边一棵柳树上飞起，向东边一棵杨树飞去。 乌鸦和猪两家关系不错，常见有乌鸦飞到猪身上。 乌鸦"啊——啊——"地叫，是给猪通风报信："查坡的来了，快跑！"猪没拿乌鸦的安全警告当回事，依旧在那儿低着头吃，大口地啃食着麦苗。

狗剩从猪的后边，向着猪慢慢地走过去，那猪却浑然不觉。 鸡狗鹅鸭牛马驴骡猪羊，这些家畜家禽里，数着猪瞎。 在伍庄，说一个人的眼不管事，物件就在眼前，愣是看不见，就说这个人"瞎猪眼"。 及近，狗剩铆足了劲，照着猪猛地一棍子抡了过去，咣的一声，不偏不倚打在了猪的后腚上，猪这才知道事儿不好，撒腿就跑。

麦子地里，鸡飞，鹅嘎嘎，鸭子呱呱。

"谁家的猪？"狗剩提着棍子在后面紧追。

一头黑猪，得八九十斤。

"看它往谁家跑，就是谁家的猪。"

街头上几个站着闲玩的人，看热闹般嘿嘿地笑着。 都知道猪是伍二法的，却是没有一个人好意思说。

狗剩气喘吁吁，胡同头上停下了脚步。 胡同里已经不见猪的踪影。

猪跑进胡同，来到家门口，哐当一声，撞开了对掩着的大门。这突如其来的撞门声，惊动了北屋里坐席的人。

"哪里？"

"哪里？"

席上，除了队长伍二海，其他人都是一阵惊慌。

那猪哎哎的，呱嗒着嘴巴，进家就跑进圈里去了。二法来到猪圈查看情况，猪的后腚上有一道毛泛着灰白的土痕，是棍子打在猪腚上留下的痕迹。不见有破伤，也不见猪腿瘸，也就没怎么生怨恨，只是狠狠地骂了一句："狗剩这个熊玩意！"二法哈腰竖起拦圈的碌碡，把猪拦好。

刷锅洗碗的水，俗称泔水。农村人家的泔水是不倒掉的，留着给猪喝，给羊喝。一是喂猪喂羊也得用水，挑担水不容易，得综合利用。二是泔水里有残粥、米粒、剩饭、盐、油，猪爱喝，羊爱喝，猪羊喝了上膘。

家中来了客人，炒菜多，用油多，刷锅多，泔水也多也好，油珠子漂着亮晶晶一层。二法家的提起半桶泔水，拿起猪食勺子，从泡着花生饼的小瓮子里舀了两大勺子水发麻糁，倒进猪食桶里搅了搅，提着去了猪圈，将掺了麻糁水的半桶泔水倒进了猪食槽。

二法左脚踩地上，右脚跐着碌碡，往猪圈里看着。那猪嘴巴伸进泔水里，连喝带吃，在主人的关爱下，一气弄了个肚儿圆。

"行了，晌午不用喂了。"二法对老婆说。

大街上，狗剩耸了一下鼻子，又耸了一下鼻子，嚷道："好香，谁家炖鸡、炸鱼、炸丸子啦！"

"伍二法家。二法的小儿子定亲了，今天请媒人。"街上站着闲玩的人说。

前几天，伍二法的老婆掩饰不住内心的喜悦，逢人就说："孩子还小，定亲是早点。可提媒的推不出门，就定了吧。咱觉着日子混得不怎么样，街坊们还都看着挺像户人家呢！"伍二法的老婆大街上这般的说恣话，她小儿子定亲的事，四邻八舍就都知道了。

"来，喝酒。"

北屋里,队长伍二海招呼客人坐下喝酒。

菜上齐了,客人喝着酒,伍二法从北屋里出来,又去了猪圈。他左脚踩地上,右脚跐着碌碡,看圈里的猪。猪吃了一肚子麦苗,喝了半桶麻糁水,躺在圈里眯着眼晒太阳。猪的粉红色的肚皮在春天的阳光里闪闪发亮,身上的肉像面盆里的发面腾腾地长起来。从尾巴到嘴巴,整个猪眼看着长。二法看在眼里,喜在心上。

狗剩有些不稳心,提着棍子又去了一队那块麦地。打猪,一棍子投出去,棍子从猪腚上横飞了,不巧,击中了一只鸡。那只鸡是死是活,不知道。

刚才也飞也跳四处逃离的鸡呀、鹅呀、鸭呀,又都回来了。一个一个的,惊恐地看着狗剩。已经将麦苗吃进老大一截地了,光秃秃一片,只见麦苗露青,不见麦苗长高。一个一个的,吃一口麦苗抬头看看,吃一口麦苗抬头看看。狗剩说它们:"看啥?吃吧,吃吧,尽管吃吧,我才不管呢。你们把一地麦苗都吃光了我也不管。大队领导让我管猪、管羊,没让我管你们。你们是赢了官的,谁拿你们都没办法。"

老辈子兴下来,猪有圈,羊有圈,鸡鹅鸭没有圈。鸡鹅鸭都是撒着养。看来,人类这早有的不成文的规定,鸡鹅鸭也是略知一二的。那猪挨了棍子,没命地往家窜,鸡鹅鸭被人驱赶,只是暂时找个地方躲一躲,人一走,它们又来。

鸡鹅鸭们像是听懂了狗剩的话,一个一个,头也不抬地吃起来。

鸡吃庄稼,轰可以,弄个稻草人吓唬吓唬也行,要么就围上一圈儿篱笆,把鸡隔在篱笆外。鸡吃庄稼,把鸡给打死,那可是另一码事了。要是遇上泼妇，麻烦事就来了，她要是知道鸡是谁给打死的，等着挨讹吧，能把人讹死；她要是不知道鸡是谁给打死的，等着挨骂吧，不把人骂死，也骂个半死。骂人是泼妇的拿手戏：点划着骂，剜作着骂，拍着腿骂，跳着脚骂，刀剁着菜板子骂，从人家祖宗到人家小闺女，骂个遍。

狗剩在麦地里找，找到了一只芦花母鸡。到底是死了，没有缓过来。他看了看四下里没人，拾起鸡，将鸡掖在衣服里，从村子后边的小道上，溜溜地回了家。

"大春天里，腰里鼓鼓囊囊的，掖塞的啥？"老婆问。

狗剩右手食指嘴前一竖，示意老婆小点声。

狗剩左胳膊一抬，右手从腰间伸进衣服一拽，拽出一只鸡，一只死了的芦花母鸡。

老婆悄悄地关上了大门。

吃了午饭，点火，烧水。趁着晌午头，煺毛，开膛，剥肫，清理鸡爪，不一会儿一只鸡就弄好了。还剥出一个即将产的鸡蛋。一个鸡蛋五分钱呢。

整着鸡，狗剩把事儿悄悄地跟老婆说了个透。

老婆说："赌着挨骂吧。"

"骂去，咋骂咋骂呢，挨骂又少不了啥。"狗剩嘿嘿一笑，一副满不在乎的样子。接着又说："鸡又不是有意打死的，打猪飞了棍子崩死的。骂吧，越骂咱心里越不讨愧，越骂咱吃肉吃着越香。"

"炖出来。"狗剩吩咐老婆，"今下午就把鸡炖出来。"

狗剩嘴里哼着小曲，院子里抄起棍子，又去查坡。老婆小声嘱咐他："做事要量着点。都一个庄子里住着，低头不见抬头见。

恩一个人不容易,得罪一个人不费劲。一些事,睁一只眼闭一只眼,一喊二吓唬,能挡过去就行。"

狗剩家的关上大门,拨上门插管,屋里烧锅炖鸡。

"好香! 谁家炖鸡了?"

胡同里有人咋呼。

狗剩家的赶紧将锅盖严。

一只老母鸡,炖了一小锅肉。黄黄的油珠子锅里漂着,厚厚的一层。

狗剩查坡早早地就家来了。

老婆从锅里挑出两个鸡爪放在碗里。狗剩洗了洗手,抓起鸡爪就啃。啃了一只就不啃了,他忽地想起来什么。拿过毛巾,抹了两下嘴巴,擦了擦手,转身就往外走。

"哎,你干啥去?"

"去姨家,请姨父来吃肉。"

"请姨父,请不请姨? 没有姨,哪有姨父。"

老婆这么一说,狗剩立时就僵住了,直橛子似的立在门前。心里打鼓:"是啊,请不请姨? 要说亲近,姨父哪能比姨呢。"

老婆说:"我看就别请了。虽说是姨父给安排了查坡这么一个好活,但这与爹娘的养育之恩没法比。娘生了你,爹养了你,爹娘把你养大成人,给你盖了房子,娶了媳妇成了家,不容易呀! 有碗肉该先让爹娘吃。"狗剩一想也是,姨父的恩那就过后再报吧。

狗剩盛了一碗肉,一碗上好的肉,要给爹娘端去。老婆拦着说:"不可。不和爹娘一个院子里住着,端着一碗鸡肉,胡同里大街上要是让人看见,事可就捂不住了。"狗剩一想也是,遂把肉碗端到了北屋的桌子上。他要去爹娘那儿，把爹娘请家来，让爹娘坐在北屋的椅子上吃肉。老婆说："这一回嘛，就别请了。你又不是不知道咱爹那耿直脾气，你把爹娘请来，爹要问你：'不年不节的，咋杀鸡吃肉呢？'你说啥？说谎不好，照实的说吧，怕是挨爹一顿数落。"狗剩一想也是，真要是那样，肉就吃着不香了，饭也吃着不顺心。

"按说嘛……真该叫俺爹俺娘来吃肉。俺爹俺娘，一把屎一把尿，把个闺女养大成人也不容易。把闺女养大了，能干活了，又给了你做老婆，成了你的人，给你干活，和你一门心思地日子，给你生孩子，给你传宗接代，这个情分可真不小啊！"

老婆这么一说，狗剩想想也是，遂动了请岳父岳母来吃肉的念头。狗剩岳父家是老赵家庄的，伍庄和老赵家庄相隔也就三里地，去也容易。说去便去。

就在一脚门槛里一脚门槛外的时候，狗剩忽地停住了脚步。父亲母亲、岳父岳母，岳父岳母、父亲母亲，四位老人在他眼前交替着闪。闪了一会儿就不闪了，绿灯变红灯了。狗剩把门槛外的一只脚收进来，转身回到屋里。老婆问："咋回来了？"他摇了摇头，说："就别想着这个想着那个了，一只鸡，查坡打猪打死的一只鸡，还是自己吃了吧。自己吃了利索，省得这事那事的，省得这不周到那不周到的。"

狗剩哪里也没去，拿起酒瓶去了代销处，花了一角三分钱，打了二两散白酒。

傍晚，华子娘院子里没见到芦花鸡，问华子爹，华子爹也说没见到，心想也许它早早地钻了窝。鸡和人一样，也有感冒头疼，也有劳累过度，也有疲乏不愿动。不愿动，就早钻窝早睡觉。

早晨,华子娘早早地就起来了。打开鸡窝门,一只接一只,从鸡窝里走出五只鸡。一只公鸡,四只母鸡,不见芦花鸡。五只母鸡家来了四只,就差那只芦花鸡。她抓一把秕谷在鸡窝门口撒,一边撒一边"鹁鹁鹁"地叫,唤了半天,不见芦花鸡出来。她拿一根枝条向鸡窝里捣了捣,也不见芦花鸡出来,也没试出窝里还有鸡。她从鸡窝顶上拿开两块砖头,往鸡窝里看了看,确信没有芦花鸡。她指着大花公鸡问:"把芦花鸡领哪儿去了?"大花公鸡梗着脖子,抖着脑袋,若有所失地"咯"了一声。

"迷糊到谁家鸡了?一只芦花母鸡。"

早晨是家家户户撒鸡的时候。华子娘来到胡同里,来到大街上,来到自家鸡能到能去的地方咋呼。声音低低的。

"迷糊到谁家鸡了?一只芦花母鸡。"

东胡同、西胡同、前街、后街,咋呼过去,咋呼过来,咋呼了一个来回,没见到自家的芦花鸡,也没问到鸡在哪儿。

伍二法家的腰里扎着大襟,扯着大襟的一角擦着一双湿漉漉的手,从家里走出来,前看看后看看,左瞅瞅右瞅瞅,来到华子娘跟前,挤眉弄眼地告诉她:

"夜来,夜来头晌午,快晌午了,狗剩在庄头的麦地里打猪、轰鸡、赶鸭子,弄得鸡飞狗跳鸭子叫。闹腾了好大一阵子。"

"还能让查坡的一棍子给打死了?"

二法家的杏眼一骨碌:"说不定就是呢。鸡哪能挨过那棍子,一棍子就能给敲死。"

华子娘愣了。

"骂,狠骂!"二法家的怂恿道。

华子娘犯难了。

二法家的说:"这有啥难的,搬过梯子,爬到屋顶上就骂。你觉着鸡是让谁弄了去,让谁吃了呢,你就冲着他家那个方向骂。要是个顺风就更好了,一骂听老远。人们都下地干活的时候别骂,晌午头也别骂,一早一晚人们都在家吃饭的时候骂。早晨骂,晚上骂,一天两时骂,连着骂上三天,骂他个闭门不出,骂不死他也骂他个半死。"

"咋骂?俺不会骂。"

"骂人有啥难的,张嘴就骂。我教你。"

胡同头上,二法家的转过身子,面朝着狗剩的家所在的方向,踮起脚,伸起一只胳膊,食指点划着,剜作着,像哼小曲儿似的,教华子娘骂鸡。不指名不道姓,先是婊子生的姑子养的,对被骂者的人身进行一通侮辱,接下来就是对被骂者的前途命运来一番诅咒:"打死人家的鸡手疼,吃了人家的鸡肚子疼,拉屎腚眼子疼,鸡骨头卡在脖子里卡死,鸡脯子塞在嗓子里憋死!"华子娘看着听着,竟咯咯地笑了起来。"哎呀呀,你咋这么会骂呀,一套一套的,骂得咋这么顺口啊!俺……俺咋不会骂呢!"

俗话说,教的曲子唱不得。华子娘是教也不会,就是不会骂。骂人的话,她愣是吐不出口。

华子娘来到庄头的麦地里,低着头寻找,想找到那只芦花鸡,哪怕是一只死鸡。找不到鸡,能看出丢鸡的一点苗相也行。找了半天,没找到鸡,还真的看出一点儿苗相:麦地里有血点点,一根芦花鸡毛上还粘着血。

吃过早饭,华子娘把听到的、看到的,一五一十地说给了自己的男人。

男人没吭声,椅子上坐着,只管吸他的烟。

"麦地里有血点点，没见死鸡。还能狗剩把鸡打死，拿家去吃了吗？"

男人使劲嘬了一口烟，往桌子腿上磕打掉烟锅子中的烟灰，吹了吹烟袋杆，觉着有点堵。拿过一旁放着的细铁丝，将烟袋杆捅了捅，又吹了吹，烟袋杆挺透妥了，遂将烟袋轻轻地放在桌子上，轻描淡写地说：

"很大可能让黄鼬吃了。也可能让老鹰抓了去。地里有黄鼬，天上有老鹰。"

"你咋这么想呢？"

"这么想……这么想好。这么想心里轻快，不累得慌。"

"总得问问吧？"

"问啥问？不就是一只鸡吗？"

"正下着蛋呢！"

"就是正下着金子，没了也就没了。"男人抻了一霎接着说，"去地里找鸡，可看见队里的麦苗？"

"麦苗给吃进一大截地了。"

"知道这就行了。也别找了，也别问了，不就是一只鸡吗？让黄鼬给吃了，让老鹰给抓去了。就这么想，这么想事就简单了。"

"孩子念书，称盐打油，买个针呀买个线的，还指着这几只鸡下蛋呢。"

丢了一只下蛋的鸡，华子娘心疼得吃不下饭。

一早一晚，人们都在家吃饭的时候，狗剩的耳朵就支了起来。一天过去了，两天过去了，三天过去了，没听到有谁骂鸡。

狗剩嘿嘿一笑："嘴大有口福。"

狗剩个头不大嘴巴大，成天价咧着个大嘴，一笑一嘿嘿。
老婆说："遇上好人啦！"
老婆让他猜鸡是谁的。
"谁的？"
"一队方正叔的。"
"方正叔的？"
"嗯。"
狗剩愣在那儿，两眼怔怔的，好大一阵子。
"任它谁的吧，茅坑里去了。"

五　五爷向华子招手

　　夜里下了一场小雨，空气清新，杨柳增绿，大地洋溢着春天的气息。　东南方百里之外，淄博那边绵亘的青山历历在目。　公社驻地通往庄里的电话线上，垂挂欲滴的水珠晶莹剔透。　刚从南方飞来的燕子站在电话线上，一会儿埋头梳理羽毛，一会儿抬头对春呢喃，抖落珍珠一串。　太阳升起，霞光万道。

　　地里的土坷垃吃了水，不那么硬了，一碰就开，正是耙地的好时机。　堡子地里，两头牛拉着一盘耙耙，五爷站在耙耙的八字形踏板上，一手牵动缰绳，一手摇晃鞭子，两脚不停地交替着，一脚实实地踩着耙耙——让身子的重量落在耙耙上，一脚虚空着踩在耙耙上，嘴里不时一声"吁"，耙耙连同五爷的身子就左右扭动着向前移动，像大地上的舞者。　耙耙过后，铁打的耙耙齿划过暄地留下的痕，一道道，一条条，蜿蜒如蛇。

　　耙完地，接下来就是墁地。　五爷种瓜，墁地是一项少不了的活儿。　墁地用锄，一锄挨一锄，将地锄个遍。

　　用锄锄地，伍庄人叫耪地。　耪地，指的是给禾苗锄草松土，让草死苗活地发暄的劳作。　耪高粱、耪谷子、耪棉花、耪花生、耪豆子、耪地瓜、耪茄子、耪西瓜……都是给禾苗、庄稼松土锄草。 在没有禾苗的春地里，一锄一锄地锄，不留死角，将地挨排着锄个遍，伍庄人管这样的锄地，不叫耪地，而是别有一种叫法，叫墁地。 早春里，墁没有庄稼的白茬地，叫墁白茬。

早春的白茬地里没有庄稼，没有草，莠草、蔓草、香草、墩子草都没有，即便有也不多，也不大，都是些刚出地的草芽儿。 早春的白茬地里，有青青菜，有苣苣菜，有苦菜，伍庄人管这些菜叫长命草。 长命草，长命草，锄了，剜了，拔了，它还冒，不几天又从地下的根部冒出新芽来。 长命草不霸地，也就是说，长命草对庄稼的生长没有太大的影响。 长命草不霸地，有的人就认为墁白茬没有必要，墁白茬让工夫白瞎了。 五爷不这样认为，五爷说，墁白茬没让工夫白瞎，工夫都在地里，都在瓜里呢。

不是种过地的人或许不信，墁过的白茬地，与没墁过的白茬地就是不一样。 遇到天旱，墁过的白茬地的墒情要比没墁过的白茬地的墒情好。 一场大雨过后，墁过的白茬地里的莠草、蔓草、香草、墩子草迟迟长不出来，没墁过的白茬地很快就杂草芜生。 老人们说，锄头里有水，也有火。

五爷墁地，弯着腰，弓着步，一锄一锄，仔细又认真。 不留空白，不留死角，遇到大的坷垃块，还要用锄将它拍碎，拍碎之后再过一遍锄。

"人糊弄地，地糊弄人。""人勤地不懒。""旱天耪田，雨后浇园。""高粱扛了枪，一锄一成粮。"五爷种地，把这些农谚视作金科玉律。

都说五爷种的瓜好吃。

北坡的田间小道上，一队人马哈着腰推着车子吃力地前行，像天上一字儿排开的雁群，那是六队运粪的队伍。 西边不远处，三队的"半边天"由队长领着,在麦地里划锄,不时传来姑娘们银铃般的说笑声。

伍二法肩膀上撅着粪叉子,粪叉子上挑着粪篮子,出村沿着大道一路寻过来。来到瓜地的北地头,见地里有牛粪。一摊好大的牛粪,让耰耙给拖了,让耙齿给划了,碎了一地,两块大一点的有巴掌大。他看一眼五爷,五爷正朝南低着头锅着腰墁地,便三步并作两步,大步跨进地里,麻利地将两块巴掌大的牛粪拾到粪篮子里。

二法挑起粪篮子,往后退了一步,他想退到大道上,继续沿着大道去拾粪。忽地一想,从地里往大道去,要是被五爷一回头看见就不好了,不如去瓜地里和五爷拉拉呱,便肩着粪篮子,没事儿似的迈着大步向着五爷走去。

"五爷,墁地了。"

五爷回头一看是二法,便停下手中的活儿,习惯地抬起右脚,用鞋底擦了擦锄,将锄戳在暄地上,招呼二法:"来,过来歇歇。"春天里,五爷一个人在白茬地里劳作,感觉有些寂寞。

二法将粪篮子和粪叉子放在一边,来到五爷跟前。两个人不约而同地脱下一只鞋子,地上一放,坐下了。坐下就腰里摸烟袋,抽烟。

抽着烟,五爷向西南方向指了指,说:"那边像是个半大小子,一个人在那里忙忙活活,老半天了,不知忙活的啥?"

二法定眼看了看,说:"像是剜菜。"五爷也定眼看了看,说:"不像是剜菜,像是刨啥,拿着小镢子在那里刨啥。"二法又看了看,也看着像是刨啥,说:"春天刨啥?很可能是刨茅根。"五爷说:"对,很可能是刨茅根。"

半大小子停下手中的活儿，把收刨的东西收进篮子，拿着家什，提着篮子，沿着地边，顺着田埂朝这边慢慢地走来。

嘿，是华子。

"华子……"五爷向华子招手。

华子，大名方华子。

听到五爷招呼，华子加快了脚步。走到瓜地边，不小心被五爷培的界堆子绊了一脚。绊了个趔趄，甩掉了一只鞋子。他提着篮子，拿着小镢子，一只脚穿着鞋子，一只脚光着，走到鞋子跟前，也不弯腰，以脚代手将鞋子调正，光着的脚丫像只地排子①，往鞋子里拱，三拱两拱，拱进了鞋子窝。趿拉着鞋，彳亍着地走了过来。

"华子，提上鞋。"五爷让华子提上鞋。

华子就地坐下来，倒了倒鞋里的土，将鞋穿好。鞋是娘做的，一双黑布鞋，粗布的，鞋的前头都已打了洞，露出了两个大脚趾头。

"是瓜地不错，可瓜还没种呢，弯腰提鞋不会寻思你摘瓜。就是瓜熟了，你在瓜地里提鞋也不会寻思你摘瓜。"五爷笑着对华子说。

华子抿着嘴也笑。

二法蒙在鼓里。

五爷说，这都是方正教育孩子好：从人家瓜地边走，不要弯腰提鞋，弯腰提鞋会让人家寻思是摘瓜；从人家果树行子边走，不要举手正帽子，举手正帽子会让人家寻思是摘果子。五爷两眼望着

---

① 指鼹鼠。

华子,又自言自语地说:"华子是不会偷瓜的。 三岁看小,七岁看老。"

得到五爷的夸奖,华子心里乐滋滋的,笑眯眯地看着自己的篮子,感觉收获不小。 他刨的不是茅根,他刨了一篮子胡萝卜。 篮子里的胡萝卜,生着细细的、白嫩的根须,胡萝卜头上都顶着一撮嫩绿的缨子,煞是好看。

看着华子篮子里的胡萝卜,二法问华子:

"刨胡萝卜喂猪?"

华子低下了头,手里的小镢子轻轻地扒拉着眼前的土,心里想的是家里的猪圈。 猪圈是空的,没有猪,大猪小猪都没有。 爹说没钱买猪。 猪圈里,扑棱、扑棱,飞进飞出的是麻雀。

"人吃。"华子轻轻地说。

"人吃?"

"人吃。 洗洗,大一点的炒菜,小的揉糠糠。"

"三个没滋味,知道是哪三个吗?"二法问华子。

华子摇头,说:"不知道。"

"三个没滋味:一是打了春的萝卜;二是立了秋的瓜;三是死了媳妇的丈人家。"

华子歪着脖子听,却是一头雾水。

二法先给华子解释第一个没滋味,说:"打了春,萝卜就糠了,萝卜糠了就不好吃,吃起来没滋味。 你刨的这萝卜在地里待了一冬,冬天冻,春天化,一冻一化,又冒了芽子就更不好吃,吃起来就更没滋味。"

华子听懂了。 打了春,萝卜就不好吃了,吃起来就没滋味,冒了芽的萝卜就更不好吃,吃起来就更没滋味。 华子说,管它有滋味没滋味，能吃就行，没啥吃的时候这个就是好的，红军爬雪山过草地时，吃草根，吃树皮，连这个还吃不上呢！

华子眼里含了泪。

五爷嫌二法和华子说些没味的，遂把话岔开，慢悠悠地说："地瓜怕冻，水萝卜怕冻，胡萝卜不怕冻。地瓜一冻一化就烂，烂得像狗屎一样。水萝卜也是一冻一化就烂，也是烂得像狗屎一样。胡萝卜一冻一化它不烂，年时秋后落在地里的胡萝卜，冬天一冻，春天一化，虽说是糠了，但是它不烂，照常发芽。拿着小镢子，看见芽子，看见缨子就刨，一刨一个准。大小不说，缨子下边准有一个胡萝卜。"

嘿嘿，华子笑了。他就是这么干的，寻着缨子刨胡萝卜，一刨一个准，大小不说，缨子下边准有一个胡萝卜。

华子在地上静静地坐着。他想起剜菜那些事儿。星期天或是每天的下午放了学，剜菜曾是他的主活儿。也许是他眼快手勤，也许是老天爷眷顾，到坡里他总能剜到菜，大兜小兜背回家。常常有这样的事儿，去剜菜的路上，空着兜子回来的人告诉他："那边地里没有菜。"他知道告诉他的人是好心，少让他跑冤枉路，可他还是去看看。有没有菜，去看看才知道。去了一看，青菜一地，嫩绿的青菜笑着向他招手。

那坡里有口水井，水井不大，用石头砌成的井口高出地面，从井口上趴着往井里看，能看到自己的影儿。下地的人渴了就提着小罐子去井上取水。人们将那坡地称作"小井子"。小井子柳杈行子多。一场春雨过后，柳杈行子里的蓬蓬菜就长了起来。华子剜来蓬蓬菜，娘将蓬蓬菜择好，洗净，烧锅焯菜，焯好之后拿笊篱将菜捞到凉水盆里，淘洗两遍后就攥，攥成一个一个馒头大小的菜团团，放在一个用柳条编的大篁子里，这就是一家人的饭。拿一个菜团团，菜板子上剁碎，放上盐拌拌，哪个饿了，盛上一碗，吃下去就不饿。要是有面子，娘就给一家人做菜荠馏吃。将蓬蓬菜剁碎，收进盆里，放上盐，有油淋上点油，有葱切上点葱花，要是有韭菜呢，切上点韭菜最好——蓬蓬菜喜韭菜——拿筷子拌拌，调成馅子，将地瓜面子撒在面板上，将剁碎调好的蓬蓬菜馅子攥成菜团团，在面子里滚一下，让菜团团的外表沾上一层薄薄的面子，然后上锅蒸，蒸熟了就是菜荠馏。菜荠馏里有粮食，比光蓬蓬菜好吃。要是面子多呢，娘就擀皮包菜团子，包菜角子。地瓜面的菜团子、菜角子很好吃，比菜荠馏好吃多了。吃菜团子、菜角子，就是改善生活。

北坡苣苣菜多，青苗红苗都有。剜来苣苣菜，娘将菜择好洗净，不切也不剁，整棵吃。吃苣苣菜，通常就是两种吃法。一是做苣苣菜黏粥，娘将洗净的苣苣菜轻轻揉一揉，放进开水锅里，有面子呢就搅和上面子，没有面子就清水煮苣苣菜。喝苣苣菜黏粥，哧溜哧溜的，有种喝面条的感觉。二是拿苣苣菜蘸酱就干粮。用来蘸酱就干粮的苣苣菜，娘总是先在清水里泡一泡，泡上个把小时，蔫了的苣苣菜就支棱起来了，一棵一棵翠绿欲滴。饭桌上，一盘苣苣菜（吃净再盛），半碗酱，咬一口窝窝头，抓起苣苣菜稍稍一拢，酱碗里一蘸，送进嘴里，大口地嚼，越嚼越香。

东南坡青青菜多，剜来青青菜，娘将菜择好，洗净，焯好，有豆呢就掬上半碗豆子去碾上碾碎，碾成豆糁儿，掺在青青菜里，做菜豆腐，或是蒸菜窝头；没有豆子就掺上地瓜面子蒸窝头。青青菜味道好，吃着顺口。青青菜叶子边上有小小的刺，吃的时候能感觉出来，但不要紧，扎不破舌头，扎不破嘴，咽到肚子里也没事。

西北坡有个叫"兔子窝"的地方，那片地里苦菜多。苦菜也大，叶子也肥，一棵一棵像小菠菜。秋天，豆棵子底下藏着的、地瓜蔓子下面压着的苦菜嫩，做菜汤滑溜，就是有点儿苦。

……

苣苣菜、青青菜、苦菜，像韭菜一样，割了还冒，割一茬又一茬。这些日子剜了，隔些日子再去，它们又长了出来。苣苣菜、青青菜、苦菜，今年这块地里有，明年这块地里还有，地里头有它们的根。蓬蓬菜种生，一棵蓬蓬菜长大长老之后能有好多好多的种子。老了的、干了的蓬蓬菜棵，像一个大灯笼，被风一吹，到处滚，滚到哪儿把种子撒到哪儿。蓬蓬菜，今年这片地里多，明年这片地里还是多。

想到那些野菜，想到剜野菜常去的那些地方，华子心里就热乎乎的，眼里就含了泪。曾经给以帮助的，哪怕是棵小草，也不应忘记。野菜，帮一家人度过了那个荒年。听娘说，最困难的时候，一家人十九天没见粮食。十九天，一日三餐，早饭、午饭、晚饭，顿顿是野菜充饥。有时连野菜也没有，晚饭就不吃了，就睡觉"安宿"了。

"华子……"五爷喊华子。

华子一个愣怔。抬起头，抹了一把眼。泪痕红浥的脸上，透着与年龄不相称的老成。

"华子，念几年级了？"五爷问。

"初中二年级。"

"小芳念几年级了？"

"初中一年级。"

五爷对二法说，华子兄妹俩念书都挺好，在班里都是数一数二的，得的奖状贴满了墙。

"念书有啥好法子？"五爷问华子。

华子说："老师说，用心学就行。"

五爷说，也许是开窍晚，也许是学习还不得法，锁住年假考试不及格。

华子不好意思地笑了笑。

"五爷爷，跟锁住说，认真看书，用心学，就能学好。"

|六| 又是一年的守望

"五爷，掘埯子？"

"掘埯子。"

五爷将瓜地墁了一遍之后，接下来的活儿就是掘埯子，施肥。这时五爷下地推着车子，车子上放一把铁锹，一个粪篮子，半布袋精肥，一个志子。

五爷有一个志子，是专为种西瓜做的。一根直的枣木棍子，正中刻有一道痕。棍子的长度是西瓜的行距，棍子长度的一半，是西瓜的株距。五爷说，依着这个志子下埯子，一亩地种六百棵西瓜。

瓜地里，五爷依照志子定行，定株，定穴，掘埯子。掘了埯子，将生产队给的粪肥施到埯子里，然后再将埯子填好。

生产队分给瓜地的肥料，主要是土杂肥，精肥了了。

土杂肥就是猪栏圈里的肥。农家人种地混日子，家家户户都有猪栏。猪栏分上栏和下栏，上栏就是一个简易的小屋，叫猪屋子。猪屋子里有猪食槽子，有猪倒下休息睡觉的地方。猪吃喝睡都在猪屋子里。下栏就是一个长方形的或圆形的坑，一人深，大小不一。下栏用砖砌成，贴着下栏的栏墙，有一个用砖砌成的状如搓衣板的台阶。猪由上栏去下栏拉屎撒尿，由下栏到上栏进食、休息或睡觉。人们不定时地往下栏里挑水，撒些杂土杂草，猪在下栏里踩来踩去，水、杂土、杂草连同粪便就搅和在一起，沤积成肥，这就是土杂肥。社员把积的土杂肥交给生产队换取工分。生产队量方，以质论价。

精肥主要是茅厕粪（大粪）、喂羊的户家的羊圈粪、家家户户掏鸡窝掏的鸡粪，还有拾粪人拾的粪，里边有大粪、牛粪、驴粪、马粪、猪粪、狗粪等，啥粪都有。精肥价高，有的精肥不是按方记分，而是论斤记分。

生产队分给瓜地的土杂肥，早几天就已运进瓜地，一堆一堆倒在地里。生产队分给瓜地的精肥，粮食似的口袋里装着，一天一天现施现领。五爷把不多的精肥，均匀地掺在土杂肥里，拿锨从掺好的粪堆上铲起粪肥放进粪篮子，提着粪篮子将粪肥均匀地倒进埯子里。这样的施肥叫"施窝粪"。肥料不足，不能给整片儿地施足粪肥，就施窝粪。施窝粪，庄稼人的急功近利。

掘了埯子，施了窝粪，就等下种了。这时最盼的是下一场透地雨。雨后，五爷还会再将瓜地墁一遍。

谷雨前后，种瓜点豆。

五爷下地提一个篮子，篮子里放一个小板床、一把瓜铲、一个小黄泥瓦盆，瓦盆里盛着西瓜种、甜瓜种或梢瓜种。按品种，一样一样用浸了水的碎布包着。从瓜子的大小、形状和颜色，五爷能准确地分辨出哪一种是西瓜，哪一种是甜瓜，哪一种是梢瓜。五爷种瓜，看天、看地、看墒情，有时催芽，有时泡种，有时就将种子干着种在地里。

"五爷，种瓜？"

"种瓜。"

瓜地里，五爷从篮子里拿出小板床，地上坐着，拿起瓜铲，在西瓜埯子的边上，贴着粪窝子，把地上的浮土刮到一边，铲起一铲湿土松动松动，接着用瓜铲拍实，拍实后，横着瓜铲劈开一个小槽沟，平着放上三粒西瓜种，给种子盖上湿土，把刚才刮过去的浮土再划拉过来，培一个小小的土堆，一墩西瓜就种好了。挪动小板床，再种下一墩。甜瓜、梢瓜的种法和西瓜一样。只是甜瓜、梢瓜种的籽粒小，不好把握粒数，下着下着就多了，一个窝里三粒五粒、七八粒都有。

种完西瓜、甜瓜、梢瓜，五爷不忘种南瓜，种豆角。在瓜地头上，拦横种上一两沟子南瓜。种面南瓜也种菜南瓜。面南瓜喝粥，菜南瓜炒菜、包菜包子、煎咸食。在瓜地的周边上种一圈儿豆角，种月豆角，也种八月忙。月豆角稙，下来得早，月豆角，月豆角，一个月就能吃上豆角。八月忙豆角，短、粗，有肉，下来得晚，八月忙，八月忙，进了农历的八月，天凉了，万物凋零，它越是忙着长。

五爷在瓜地里种八月忙，五奶奶曾不解地问："到不了八月，瓜园就拉秧拔园，咋还种八月忙呢？"五爷说："瓜地起了瓜，拔了园，多是种大白菜，咱争取接下茬，再种大白菜，种八月忙不就也捞着吃了吗。就是情况有变，队里不在瓜地里种大白菜了，或是种大白菜的不是咱，另换了人，坡里长的豆角谁吃不是吃呢，咱不就是受点累、搭上一把种子嘛。"

瓜地头上种南瓜，瓜地的周边点上一圈儿豆角，这是瓜园的一种点种模式。五爷是这样点种，别的种瓜的也是这样点种。这样点种南瓜豆角，说是捎带着，其实不然。长这不长那，长了南瓜、豆角，少长了西瓜、甜瓜、梢瓜。这样点种，一个拿到桌面上的说法是，让南瓜豆角一隔，瓜就离地边远了，过路人伸手摘瓜就不那么方便了。其实，这样点种，一个很大的吸引力是，南瓜、豆角都是种瓜的种来自己吃，是不分的。种瓜看瓜，坡里安家，坡里支锅做饭，种点南瓜豆角自己吃，也在情理之中。

俗话说："再不济是儿，薄煞的是地。"是种点，是长点，一个人就吃不了，一家人也吃不了。吃不了的豆角，就煊煊晒出来。今天晒一点，明天晒一点，积少成多，种一年瓜，能晒一大布袋干豆角呢。青菜缺的时候，隔三岔五地吃一回，一家人能吃个冬，吃个春。豆角不只是菜，豆角里有粮食，吃豆角能顶饭。

西瓜、甜瓜、梢瓜，一样一样种完了，瓜地就有了瓜地的样子。哪片儿是西瓜，哪片儿是甜瓜，哪片儿是梢瓜，哪个地方是瓜棚，站在瓜地边上一看就知道。五爷瓜地里干一阵子活，就来"瓜棚"里坐下，抽袋烟，歇一歇。尽管还没搭瓜棚，只是预留了一块搭瓜棚的空地，坐在这个空地上，就有一种进了瓜棚的感觉。

又是一年的守望。

"瓜棚"里，五爷静静地坐着，静静地看着，像医院影像科大夫透视扫描那样静静地看着地里。他看到了土堆下的种子，一颗一颗都活动起来，吸水，扎根，汲取养料，像母腹中的胎儿渐渐地成长。

五爷和它们似乎有个约定。有的四天，有的五天，有的六天，有的七天八天。这天的下午，五爷扛着荡耙子——一种整平土地用的耙子，有铁齿的，也有木齿的——来到瓜地，将一个一个小土堆轻轻地荡去，把地荡平。

荡平搪着瓜种的小土堆，伍庄人管这叫"放风"。给瓜放风，早了不行，晚了也不行。早了，不好保墒，小土堆子没了，春风一刮，风干了芽子。晚了，有的芽子冒了高，一荡，会给荡掉"脑袋"的。五爷给瓜放风，不早不晚，总是恰到好处。

放风后的第一个早晨，瓜地里的"婴儿"千姿百态。有的天刚蒙蒙亮，早早地就起来了，将两片子叶轻轻地展开，迎着朝阳，沐浴着春风，尽情地拥抱生活，鹅黄色的子叶渐渐地变绿，筋骨渐渐地强壮，体态渐渐地丰满；有的懒懒的，太阳出来了还在那儿"拱鼻儿"——两片子叶埋在土里，头低着，露出一个弯着的像门鼻儿似的脖梗，使劲拖拽着一对子叶，努力地挺身破土；有的虽说已经出土，却是出土出得不利索，没把种子的壳皮脱在土里，壳皮像一顶帽子，像一个枷锁，死死地扣着一对子叶，子叶苦苦地挣扎着，挣扎了半天还是不能摆脱窘境。五爷走过去，轻轻地将壳皮撕破，将壳皮剥落。这时，瓜园里的五爷，俨然一个接生员。脱掉壳皮的子叶眼看着就舒展开来，有的身上伤痕累累血迹斑斑，能得以解脱，能得到新生还是满心的欢喜。

一天，五爷找到队长，要了"六六六"粉，回到家问雨窝她娘："有麸子吗？"

雨窝娘说："有。要麸子干啥？"

"拌'六六六'粉，治蝼蛄。瓜地里有蝼蛄，小苗子让蝼蛄咬死不少。"

五奶奶不当回事地说："小苗子，死就死吧，一墩上死一棵两棵的有啥，权当薅苗。"

五爷说："不是一墩上死一棵两棵的，有的一墩上的小苗子全给咬死了，断苗了。"

"庄稼缺苗断垄的多了，没见哪个人能治了蝼蛄。年时，二队东坡里一块麦子地，不是让蝼蛄连咬带刨，弄得没了苗，到了霜降又另种的吗？一个钻地的、带腿带翅的、能爬能飞的东西，不好治。治了这块地里的蝼蛄，那块地里的蝼蛄又来了。"五奶奶头摇得像拨浪鼓，"不好治，俺可是觉着不好治。"

"不好治也得治，治总比不治强。瓜地里还有一个地排子，也给拱了不少苗，挺恨人的，也得治治。"

"也治蝼蛄也治地排子，你咋不跟队长要麸子？"

"生产队里能有麸子吗？就是有，咋好意思张嘴，一瓢子麸子也跟队长要……"五爷咂嘴，"搭上一瓢麸子，穷不到哪里！"抻了一霎，五爷又说："这人不能光乖不傻。不管干啥，不能任么不撇①。"

五爷对雨窝娘说，想种瓜就得把瓜种好。得对得住这个活，得对得住自己的良心，得对得住生产队里一二百口子人，得对得住老少爷们一口一个"五爷"叫着。

五奶奶挖出一瓢麸子给了五爷，不忘叮上一句："别把'六六六'粉都用了，留下点治虼蚤。"

土炕上有虼蚤，咬得人睡不好觉。

吃过晚饭，看看家里的老母鸡也都钻了窝，五爷拿一个破瓦盆，将毒饵拌好。披一件破棉袄，把手电筒放进袄布袋里，提着毒饵，拎起撑子，去了瓜地。临走，对雨窝娘说："去瓜地了。"雨窝娘说："早着点家来，晚了天冷。"

瓜地里，五爷把毒饵撒在地上，撒完毒饵，就"瓜棚"里坐

---

① 山东方言。意为什么都不愿承担。

着，等地排子出洞，不时从布袋里拿出手电筒，向四下里扫描一下。约莫等了一个时辰，感觉有些凉森了，五爷站起来弯腰挺背，舒展了一下筋骨，刚想坐下，忽听索索响声。

地排子！地排子出洞了。

借着月光，五爷看到了出洞寻食的地排子。他屏住气，一个箭步跑过去，狠狠一脚踩下去，却是迟了，踩了个空。追着又踩了一脚，还是没踩着。再追，那地排子突然回过头来，从五爷的一只脚面子上跑了过去，一下就钻进了洞。五爷看着地排子逃之夭夭的洞口，后悔来的时候没带铁锨，要是手中有把铁锨，就一下子把它拍死了。后悔没先照着洞口踩一脚，堵了它的退路，要是堵了它的退路，也许就能逮着了。

五爷回到家，五奶奶问："咋这么晚才回来？"

"不是逮地排子吗？"五爷说。

"逮着了吗？"

"逮着了。"

"你真行！"

"真行的时候你没看见。"

屋堂里，灯影里，五爷绘声绘色地说给雨窝娘听：

"瞅准地排子出了洞，我摸出电棒子，猛地一照，那地排子就慌了神，蒙头转向地跑到了我跟前，我一脚就把它踹死了。就一脚，没费第二脚。"

鸡叫等不到天明。

五爷心里有事，早早地就起来了，挑起水桶，拿着瓜铲，又带了一小包"六六六"粉去了瓜地。他要赶在太阳出来之前，把吃了毒饵没死就的、在地上瑟瑟发抖、爬不动也飞不动的蝼蛄彻底给弄死。 不然，太阳出来后，会慢慢地缓过来，又钻了地。

五爷拿着瓜铲，照着地上瑟瑟发抖的蝼蛄一铲子铲下去，蝼蛄就首身两段。 一个一个又一个，瓜地里寻了个遍，足足寻了五十个。 寻完蝼蛄，把纸包里的"六六六"粉倒进地排子出进的洞口，挑来水，把两桶水一气灌了进去。 五爷拿着扁担，全神贯注地守候在洞口，却是不见地排子钻出来。 只灌出两只蝼蛄。 五爷从泥水里捏起蝼蛄，往地上狠狠一摔，蝼蛄就瑟瑟抖成一团，再用脚尖轻轻一踩，就成了一撮肉泥。

五爷担起水桶往家走。 水桶在扁担钩子上荡着，咿呀咿呀地唱了一路。 五爷来到村头，拐弯去了吃水井。

"干啥去了？ 挑一担水这么长时间吗？"五奶奶问。

"去了瓜地，拾蝼蛄。"

"有吗？"

"有。 半死不活的五六十个呢。 都让我用瓜铲铲死了。"

或是五爷把地排子给灌死给毒死了，或是那天夜里死里逃生的地排子搬家去了别的地方，这一年五爷的瓜园里再没让地排子给拱了秧苗。

早种的晚种的，能出苗的种子都出了苗，还不出苗的就是坏种子。 让蝼蛄咬了的，让地排子拱了的，能缓过来的也都缓过来了，缓不过来的也就彻底死了。 五爷拿着瓜铲，挑着水桶，水桶里放上水瓢，去瓜地里移栽补苗。 苗全三分收，丰年难收无苗田。

三亩瓜，一苗不缺。 绿油油、齐刷刷一地，在五爷眼里棵棵都是宝贝。

小苗长出一片真叶时，开始薅苗，优胜劣汰，西瓜一墩留两棵，甜瓜、梢瓜一墩留三棵。小苗长出两三片真叶时，开始定苗。薅苗容易，定苗难。甜瓜、梢瓜还好办，一墩留两棵，实在舍不得去，三棵都留着也行。西瓜定苗，二选一，一墩留一棵，要是两棵小苗不分上下，都绿油油水灵灵的，取舍难定。五爷爱苗如子，看看这棵舍不得去，看看那棵舍不得去，舍不得去也得去，五爷心一狠，牙一咬，搭手一揪，一棵小苗子就拔掉了。拔掉了，也就啥也不想了。

"田家少闲月，五月人倍忙。"五月，瓜地里的五爷忙着呢！

忙着给西瓜培土。轻轻地将西瓜棵拢倒，在西瓜棵的底部培上两铲子土，让西瓜蔓子朝着前一行西瓜爬去。给西瓜培土，也能增强西瓜的抗旱能力。

忙着给西瓜压蔓子，去蘖叉，去旁蔓。西瓜蔓子长到一尺多长时，在蔓子的下面铲起一铲土，铲出一个小坑，将小坑上面的一段蔓子按进坑里，将瓜铲上的土压在这段蔓子上。压蔓子，一是防大风刮翻刮乱了蔓子，二是压在地里的一段蔓子很快就会扎根，增强植株吸收肥水的能力。凡蘖叉都去，旁蔓只留一根，以防西瓜疯长。

五爷忙西瓜，也忙梢瓜、甜瓜。给梢瓜、甜瓜掐底叶，掐顶芯。掐底叶促使植株健壮，健壮的植株才能结出硕大的瓜；掐顶芯能促使瓜棵伸蔓分叉，分叉就坐瓜。

七　开园

　　西瓜蔓子经五爷一压一整，棵棵精神抖擞，大地上朝着一个方向奔去，像奥运赛场上行进在各自赛道上的游泳运动员，云尺似的叶子像极了游泳健儿臂膊击起的一片片水花。西瓜开花了，甜瓜开花了，梢瓜开花了。绿叶黄花，分外香。花间蜜蜂嗡嗡，蝴蝶翩翩，不知名的小虫虫也在花朵里爬进爬出，弄得腿脚甚至浑身都黄乎乎。蜥蜴在地上窜来窜去，处处美食，遍地餐。绿花蛇像一盘蚊香静静地盘伏于瓜秧下，不动声色地瞅寻着猎物，哧溜，一只蜥蜴面条儿似的进了肚。兔子一去冬天旷野里的胆小疾速，路过瓜地不慌不忙，胜似闲庭信步。燕子贴着瓜秧飞过来飞过去，一会儿平飞，一会儿侧飞，不当个事儿地将飞着的花蝴蝶收进嘴里。老鹰在空中盘旋，头低着，仔细地寻着大地上的猎物。天上白云朵朵。天穹顶上一架飞机隐隐约约，边飞边拉出一道长长的云烟。这时，五爷会停下手中的活儿，站在那儿，仰着脖，送飞机远去，看云烟渐渐地消散。

　　雨后的瓜田生机一片。雨水洗去了叶子上的尘土，绿叶更绿了，绿得油光发亮，挂在叶子上的水珠晶莹剔透。西瓜，一棵棵翘着头，像一条条昂首行进的蛇。甜瓜、梢瓜，一棵棵花团锦簇。夜间，瓜地里不时传出一声蛙鸣。

一天一天过去，西瓜秧爬满了地，甜瓜秧、梢瓜秧一团团，一簇簇，把地皮给遮蔽了。一天一天过去，叶与蔓的长势渐渐地衰萎，营养多是供给了果实。绿叶下，西瓜、甜瓜、梢瓜，一个一个舒服地躺在那儿，吮吸着根茎送来的乳汁。

五爷从生产队领得木桩、杆子、棚条、秫秸箔、秆草苫子、雨布、绳子什么的，从地头的柳树上砍了些树枝子，在瓜地里搭起一个棚。有了瓜棚，瓜地就成了瓜园。

五爷在瓜棚的一旁用三块砖头支起一个灶。灶旁有一把烧水的壶，有一口小耳锅，锅里有一把小铁勺。瓜棚口的棚条上插着一把锈迹斑斑的菜刀，下面趄着一个小菜板子，菜板子旁边有一个小盐罐子，一个油瓶子。盐罐子里有一把盐，油瓶子里有二两花生油。瓜棚前有一张手指一戳三晃悠的小饭桌。桌上放着两个碗一双筷子，桌旁有一个打水用的小瓦罐。瓦罐上系着一根长长的苘麻绳子。

有了锅灶，有了烟火，瓜园就很像一处人家了。

五爷在瓜棚口挂一根燃着的蒿子绳，缕烟袅袅，蒿味浓浓，昼夜不息。点燃蒿子绳，一是驱赶蚊蝇，二是吸烟。五爷吸烟时，牵过蒿子绳，将火头放烟袋锅上一对，嘴一嘬，星火一亮一暗地闪动，烟就点着了，这样会省下不少火柴。五爷瓜棚口挂一根燃着的蒿子绳，还有一个不便明说，却是人人都知道的秘密——避邪。夜里，那些狐狸、黄鼬、獾、刺猬，那些邪魔鬼祟见到火就不敢靠近。

这天，伍二海领着一帮社员去北坡里榜麦茬豆子。安排下趟子，分下任务，他扛起锄头走了。队长嘛，要这坡里看看那坡里看看,看看庄稼的长势,看看哪块地里哪个活儿该干了。二海扛着锄头,从北坡转到东坡,从东坡转到南坡,从南坡转到西坡。二海来到瓜园里,把锄头趄在瓜棚外,站在瓜棚前,视察他领导下的瓜园。

五爷头戴席帽,肩上搭一条破毛巾,正在瓜地里忙着,抬头一看二海站在瓜棚前。

"二海,抽烟。烟袋就在撑子上。"

二海从撑子上拿起烟袋,撑子上坐下,掏出自己带着的卷烟纸,从五爷的烟荷包里倒了烟丝,卷了一支"香烟",牵过蒿子绳点着。

五爷手里托着两个大甜瓜,从瓜园的小道上走过来。二海迎上去,从五爷手里接过甜瓜,用瓦罐里的水洗了洗,就大口大口地吃了起来。

"二海,开园。"五爷说。

开园是瓜园里的一种仪式。瓜快要熟的时候,弄上几个菜,打上二斤酒,选个月明星稀的晚上,邀上几个人,在瓜园里喝场小酒。开园,说到讲究……怎么说呢?——就是供飨供飨那神、犒劳犒劳那人呗。

二海说:"好,开园。"

接下来,五爷就做着开园的准备。寻得几块砖头,在瓜地里搭起一个小小的神龛。整了整锅灶。劈了点好烧的柴,散在瓜棚顶上晒着。去庄里的代销处打了半斤酱油,打了半斤醋,称了半斤盐。从家里拿了几头蒜。菜刀钝了,拿家去在牛槽石上磨了磨。

这天天好,队长对会计说,酒呀菜的,看着买点,晚上去瓜园开园。会计喊上保管员,下午去了玉皇庙。买了两瓶白酒、两盒香烟、二两花茶末、一斤花生油、十二个鸡蛋、两沓豆腐皮、一斤猪头肉、一个猪肚、一页猪肝、两个猪耳朵、两个猪蹄子、四斤馒头、一沓烧纸、一把香。青菜不用买。瓜园里有地黄瓜,有蟒梢瓜,有豆角。五爷在瓜棚后边种了一沟子葱,葱也不用买。买了一块姜。不忘给五爷买了一条白毛巾。

傍晚,三个人提着酒和菜肴去了瓜园。

点火炒菜。柴不好烧,烟大火小,只炒了一碗鸡蛋。好在猪头肉、猪肚、猪肝、猪耳朵、猪蹄子什么的都是新的,都是刚煮的,切切,拍上地黄瓜,切上蟒梢瓜,倒上酱油、醋,拍上蒜瓣,切上葱花姜丝,一拌合就行。少碗无盘,在小耳锅里将菜拌好,掐来南瓜叶,清水一冲,一甩,把菜盛在南瓜叶上。别说,南瓜叶大如荷叶,盛菜还挺不错。

三个人围桌而坐。有坐撑子的,有坐小板床的,有坐蒲墩的。让五爷坐下,五爷不坐。二海打开酒瓶,忽地想起没有酒盅子。长林抿着嘴,慢悠悠地说:"带来了。"说着从衣兜里掏出六个小酒盅。五爷说,筷子不够,就一双。二海说,筷子好办,说着起身去了瓜棚后边,拣着不粗不细的小柳棒折了几根,齐着一断两截,洗了洗,每人一双。

月光下,五爷端着一个小盖簟,慢慢地来到神龛前。盖簟上有一盅酒、一沓烧纸、一炷香、一个碗,碗里盛着几样菜肴,碗上放着一双筷子。神龛前,五爷供菜,上香,烧纸,端起酒盅将酒往地上一洒,恭恭敬敬地磕了三个头。

五爷敬了神,放下盖簟,看着茶叶说:"茶叶……这里光有烧水的壶,没有茶壶。只能将茶叶放壶里一块煮。""喝白开就行。"五爷提起壶灌水烧水,二海又说:"白开也不喝了。水也不烧了。干渴的吃瓜。"

五爷去了地头地边,借着月光摘豆角,摘了三把豆角,匀溜的三把豆角,都是用一绺蔓草捆着。放下豆角,五爷提着篮子又去摘梢瓜,摘地黄瓜,摘蟒梢瓜,摘丫梢瓜,一样一样地摘。摘一样放下再去摘另一样。五爷提着篮子进了甜瓜地,扒翻着叶子,弹弹这个不熟,弹弹那个不熟,找了老半天,总算找了九个熟了的大甜瓜,一个瓜堆上放上三个。

三堆瓜,队长、会计、保管员每人一堆,要带着回家的。男人来瓜园里喝酒,老婆孩子家里等着呢。三个人也都做了准备,都从家里带了一条口袋。

三堆瓜,每一堆上都是一把豆角、三个大甜瓜、三个大芝麻粒子梢瓜、三个大黑汉腿梢瓜、五支大蟒梢瓜、五支大地黄瓜、五个大白丫梢瓜。一堆足足三十斤。

二海看着瓜堆说:"行了,这就不少了。五爷,坐下,坐下喝酒。"会计和保管员也都说:"五爷,坐下喝酒。"

五爷拿过座位,上首坐下。

二海拿过酒盅,给五爷满上。

五爷端起酒盅,和队长、会计、保管员一一碰杯。四个人一块透了一个酒。五爷放下酒盅,菜也没吃一口,忽地又站了起来。

"你们喝就行。我坐不住。"

五爷去了瓜地头,摘了三个南瓜。一堆上放了一个。五爷一边放着南瓜一边说:"找了半天就找了三个大点的。那些都太小、太嫩。"

二海说:"行了,行了,这些就行了,多了背不动。"会计保管也都这般地说,行了,行了,这些就行了,多了背不动。

"五爷,坐下。坐下喝酒。"

"你们尽管喝就行。我坐不住。"

瓜园里,五爷顺着瓜地里的小道,慢慢地走着,走过去,又走过来,不时地蹲下来看看。地气氤氲,溟蒙一片。五爷小道上蹲着,瞅着瓜园,借着月光,能看到叶子下的西瓜,一个一个,长得挺喜人的。

五爷来到西瓜地的东边,摘下一个大西瓜,抱着来到瓜棚前。长林快步走过去,从五爷手里接过西瓜。一个大花皮西瓜,足足有十五斤。

"这是坐得最早的一个。"五爷说。

两瓶酒喝了一瓶,三个人都说不喝了,留下一瓶让五爷慢慢地喝。五爷说:"你们喝,喝,尽情地喝。光明地,天又不晚,再摘几支地黄瓜,把猪头肉都拌上,还有豆腐皮、猪肚,也都拌上,天热,这些东西过一宿怕坏了。"三个人都说,不喝了,不喝了,酒劲太大,喝得又急,这就有点晕乎,明天还得早起干活呢。

饭是馒头。就着菜渣吃馒头。

吃了饭,五爷说:"来,咱吃西瓜。"五爷用抹布将西瓜擦了擦,拿过刀将西瓜打开,一看那瓤口,都说"行"。

"晴天,再有三四天这个西瓜就能熟好。"五爷想了想,掐着指头算了算,"从瓜扭开花坐果,这个西瓜长了三十六天了,四十天就熟。"

八　夏天里的瓜园

夏天里的瓜园，是个吸引人的地方。

夏日天长。下午，村里的小学放了学，太阳还西天上高高地挂着，落地还早着呢。但太阳不那么毒辣了，坡里干活的人越发紧忙地干。放了学的孩子们，像打开鸡窝门的鸡，飞着跑着跳着来到坡里。大一点的，提着篮子拔草、剜菜。小一点的坡里转悠着玩，逮蚂蚱、逮蝈蝈、捉哨蝉、提莠草穗子，坟地里寻找水梢瓜，大树下张跟头、竖直立、打旁练、学蝎子爬、看蚂蚁上树。田野绿帐就是农村孩子们的游乐园。

下午学校放学的铃声一响，生产队的瓜园就进入"战备"状态。

天性踢蹬的男孩子，三个一伙，五个一帮，呼朋引伴，来到和瓜地相临的地块，地边上小鱼儿一般游走，脖子向着瓜地这边歪着。

五爷站在瓜棚前，手搭凉棚远远地望着，望一阵子，先是咳嗽两声，接着就咋呼："那是谁呀，还不快走，队长来了……"

听到咋呼声，胆小的溜进了庄稼地，胆大的一个箭步跨进瓜地，把瞅准的大甜瓜摘了下来，还又捎带着摔下一个。

青纱帐里，孩子们嘻嘻地笑着，吃着瓜说着偷瓜的机智与勇敢。胆大的说胆小的，别怕，也别跑，伍庄八个生产队，八个瓜园，这些种瓜的，就数一队五爷瞎，他看不见，咋呼那是打瞎声。

小孩子偷个瓜吃，五爷不认为是偷。五爷手搭凉棚，远远地望着，看到的是儿时的自己，看到的是自己的儿子锁住。小孩子偷瓜，五爷怕的是把不熟的瓜连同瓜秧都给糟蹋了。小孩子偷瓜不分生熟，拣着个大的摘。要是摘到一个不熟的大甜瓜，只啃啃瓜皮就扔掉。甜瓜不熟苦。五爷瓜地边上转悠，看到啃上几口就扔掉的不熟的大甜瓜，啧啧连声，"又糟蹋了一个"。

"五爷，喝点水。"

"喝吧。罐子里有水，刚打来的。"

五爷没听出是谁，抬头向瓜棚这边看了看，也没看出是谁。看出是五六个妇女，知道是庄里下地干活的，渴了来瓜园喝水。

瓜地里，五爷低着头，继续忙他的活儿。

正瓜。瓜如人，大地如床，地面平整，瓜躺在上面就舒服，瓜的长相就好。瓜的下面要是有小砖头、小瓦块、硬坷垃硌着，瓜的生长就会受到影响。五爷就把小砖头、小瓦块、硬坷垃拿掉，把地面扑拉平，不然瓜会长个偏偏头歪歪腚。都说"偏瓜正枣"，其实不然，瓜也是周正的好。西瓜是周正的好，甜瓜、梢瓜也是周正的好。瓜地里，五爷看着一地的瓜，就像看着一地熟睡的孩子。轻着脚，慢着步，踩着叶子下面的空地，迈到这边，迈到那边，扳扳这个的脑袋，正正那个的胳膊。坐瓜部位不好、发育不良的瓜扭，五爷就趁早把它摔掉，让瓜秧另结新瓜。

选种瓜。五爷种瓜，自己选种，自己留种。选种从选瓜开始。选西瓜、选甜瓜、选梢瓜，都是在瓜地里选，在棵上选，瓜即将成熟的时候选。选个大周正、品相好、坐瓜部位好的瓜为种瓜。五爷在种瓜的旁边插上一根小柳枝做标记，在种瓜皮上还要轻轻划上一个"十"字。

拔草。瓜秧快要爬满地的时候，瓜地就不能耪了。小草趁机长了起来。莠草往高里长，蔓草贴地爬，瓜秧空子里也往高里蹿。草长得高出瓜秧，一棵草突兀地立在那儿，怪难看的。五爷见高出瓜秧的草就拔。

瓜地里，五爷忙着呢。

瓜棚前，喝水的尽管喝水。

女人摘下席帽，拢一下额前散乱的头发，抱起罐子就喝，咕咚，咕咚……放下罐子，嘘一口气，站起来，退到一边。后边一个接着喝，也是摘下席帽，拢一下额前散乱的头发，抱起罐子就喝，咕咚，咕咚……

一个喝了下一个喝。

女人们为喝水而来，喝了水就走。瓜地边上一字儿排开，头歪着，眼瞅着地里的瓜，手指划着，小声说着话儿。

"你看，你看这丫梢瓜，噜噜嘟嘟的，一棵上长了这么多。"

"你看，那个甜瓜，那么大！得有三斤。"

"你看，叶子底下，一个一个净西瓜。"

"……"

有的回过头来，远远地瞪一眼五爷："抠门儿……也不给摘个瓜吃。不给摘甜瓜，给摘个丫梢瓜也行。"

"哼，不压蔓子了，瓜地里还有啥活？瓜地里待着，不来瓜棚就是躲着。"

瓜熟了，五爷成了"贼"。

一帮人走了。

一帮人来了。

"五爷，喝点水。"

"喝吧，罐子里有水。"

五爷停下手中的活儿，走出瓜地。小道上穿上鞋，朝瓜棚这边走来。他听出来了，也看出来了，喊他的是本队干活的妇女。

罐子里的水已经不多，一个人喝下都不够。

五爷说："刚才来了一帮妇女，喝了走了。也没看清是哪队的。"

"二队的。"伍二湖家的说。

二湖家的把罐子里的水底子倒掉，提着罐子去水井。水井离瓜地一百米。五个人一块去了。提上一罐子水，一个一个井台上抱起罐子就喝。新提的井水凉凉的，喝了个够。临走，不忘提上一罐子，给五爷拎来。

五个人去水井喝水的当儿，五爷摘瓜，将摘的瓜摆在小桌上。不大不小，匀溜的五个丫梢瓜。五个人每人拿起一个，拿碗舀了水，将瓜洗干净，搭口就啃。五个人在瓜地的小道上，一溜儿排开，吃着瓜说笑着走了。

伍二法家的三口并作两口，把个瓜镶进嘴里，抛石子般将瓜把子抛进庄稼地里。"一个小丫梢瓜，打不过馋虫来……"二法家的这么说着，一只脚已经迈进了瓜地。

五爷那边喊："慢着点，慢着点……别踩了瓜秧，别扯坏了蔓子。"喊着喊着，一个大瓜连同一截蔓子就扯了下来，蔓子上还挂着鸡蛋大的一个瓜扭。二法家的摘下大瓜，将蔓子连同瓜扭，扔链球般，呼——，一扔老远。

啧啧，五爷那边咂嘴。

男人去瓜园，心里想的是吃西瓜。但也有啥瓜也吃不上的，甜瓜、梢瓜，连丫梢瓜也吃不上。或是五爷看看周边环境不方便摘西瓜，不方便切西瓜，摘个甜瓜、梢瓜的又觉着待人有点浅薄，干脆就啥瓜也不摘了。抽袋烟，说句话儿，干渴的瓦罐里有水。或是五爷正在瓜地里忙着，向瓜棚这边望一眼，没认出来人是谁，也就不急着回到瓜棚。来人瓜棚前拉过蒲墩坐下，摘下席帽当扇子，不紧不慢地扇着。坐一会儿，不见五爷过来，抱起罐子喝点水，戴上席帽，起身就走。

白天，坡里到处都是干活的人，太显眼，白天去瓜园，是很难吃到西瓜的，想吃西瓜，还是晚上，最好是月明星稀的晚上。青纱绿帐中，男人们迈着不紧不慢的步子，从容、优雅、大度地向瓜园走去。男人去瓜园吃西瓜，有个很高雅的说法，叫"逛瓜园"。

逛瓜园，有的一个人单溜，天马行空独来独往。有的结着伴儿，两个人或三个人。逛瓜园，人多了不好。或是刚喝过几杯小酒，或是场院里正乘着凉，或是水湾里洗澡刚上了岸，男人抬脚便去了瓜园。

吃过晚饭，五爷瓜棚前坐着，抽烟、听虫叫、听蛤蟆叫，留心着瓜园。逛瓜园的走进瓜园，来到瓜棚前，一个一个"五爷""五爷"地叫着。五爷指指撑子、板床子、蒲墩，意思是坐下，坐下。

来五爷这里逛瓜园的，有本队的，也有外队的，甚至还有邻庄的。凡是来逛瓜园的，都觉着里手赶车——不是外人。

五爷起身，把烟袋往小桌上一放，说："抽烟的尽管抽烟。"

说着就去了西瓜地，不一会儿就抱来一个大西瓜。

一帮人走了，一帮人来了。

五爷拾起地上的西瓜皮，放到瓜棚的后边，一大早就有人来拾，拾西瓜皮喂猪。五爷拾着西瓜皮，眼前晃动着二法肩背粪篓急匆匆的身影，拾西瓜皮，二法来得早、靠得长。拾完西瓜皮，扫西瓜子。五爷扫起地上的西瓜子，淘洗干净，散在盖簟上晒，晒干后收进布袋里，攒着，或秋后拿到供销社换钱，或过年时煮五香瓜子招待亲友。

九　五爷给了个大甜瓜

这天，五爷在瓜地里忙活着，见不远处的棉花地里有人拔草，像是华子，走近一看，真是华子。

"华子，拔草了。"

"嗯。五爷。"

"歇歇，大热的天，喝点水。瓜园里有水。"

"谢谢五爷！干渴了我就去瓜园里喝水。"

华子拔起脚前的一棵蔓草，直起腰，将手里的草放进左腋下夹着，抬起右胳膊，用袖子擦了擦脸上的汗水，又一遍地跟五爷说："五爷，干渴了我就去瓜园喝水。"

拔草，袖子上挂了一层土。土着了汗水，一抹就成了泥。华子把个脸抹得像唱戏人的大花脸。

五爷笑了，说："走，去瓜园里洗洗脸，喝点水，吃个瓜。"

"五爷，就不去了。快晌午了，再拔点就回家了。"

五爷转身走了。

不一霎五爷又回来了。

五爷手里拿着一个瓜，一个大甜瓜。五爷来到华子跟前，对华子说："华子，给你一个瓜。"

华子看看五爷，又看看瓜，看看瓜，看看五爷，想吃瓜，又不好意思接。抬起胳膊擦脸，脸更花了。

"拿着，吃吧，我给你洗好了。"五爷说。

"爷爷……"

华子动情地叫着爷爷，在草上擦了擦手，接过五爷递过来的瓜。

"吃吧。"五爷说。

五爷转身去了瓜园。

华子拿着五爷给的瓜，来到车子旁，坐在草堆上，两手捧着，看了又看，闻了又闻。一个大甜瓜，一个又大又香的大甜瓜，一个熟好了的大甜瓜，花的瓜皮透着淡淡的黄色。华子又饿又渴，想吃瓜，可瓜到嘴边又一想，不吃了。把瓜拿回家去，让奶奶吃，让爹吃，让娘吃，让妹妹吃，让一家人都尝尝。

抬头看看日头，快晌午了。华子将草抱到车子上，把瓜包在草里，将草捆好，推起车子往家走。

车子是三年生活困难时农家人使用的一种小推车，一种简易得不能再简易的小推车。两根一样长的粗棍子，开榫凿卯，装上三五根横掌，做成前窄后宽的"梯子"，前头安装上一个铁饼大小的木轱辘，在最后一根横掌的后边，也就是把手的前头，做上两根木头腿，就是一个小推车。用这种小车推东西，死沉，近乎两个人抬。

今天，华子觉得车子很轻快。下地拔草就推着这个车子，从没觉得像今天这样轻快。天上的太阳火辣辣地挂着，树上的哨蝉子"知了、知了"地叫着，车轱辘轧在地上，发出咕噜咕噜的声响。华子推着车子，恣个儿悠地往家走。两眼盯着车子，盯着草,盯着草里的大甜瓜,生怕大甜瓜从草里抖落出来。他想象着回到家的情景:天井里放下车子,解开绳子,从草里抱出大甜瓜,举着,让爹看,让娘看,让奶奶看,让妹妹看:"大甜瓜,大甜瓜,五爷给了个大甜瓜!"

"站住!"

突如其来的一声断喝,吓了华子一大跳。

伍二洪从土湾崖上一棵歪脖子榆树下猛地站了起来,脖子歪着,眼瞪着朝华子跑过来,手里拖着一截青秫秸,边走边喊。

"站住!"

华子停住了脚步。放下车子。

"车子上是啥?"

"草。"

"草?"

伍二洪把车子上的绳子扯开,三扒翻两扒翻,从草里翻出一个大甜瓜。

"这是啥?"

"瓜。"

"从哪儿偷的?"

"不是偷的,是五爷给的。"

"把瓜藏在草里,一看就是偷的。"

"不是偷的,是五爷给的。不信你去问问五爷。"

啪!啪!啪!

"让你嘴硬。"

"不是偷的,是五爷给的,就是五爷给的。不信你去问问五爷。"

啪！啪！啪！

"再让你嘴硬！"

伍二洪用手中的青秫秸，照着华子抡了又抡，打了又打。青秫秸抡裂了，打断了，又照着华子狠狠地踹了三脚。

"把瓜藏在草里，一看就是偷的。"

华子不敢争辩了，吓得哭都不敢哭，两手紧紧地抱着脑袋。

伍二洪将手中的半截青秫秸一扔，拿起大甜瓜走了。

华子整了整车子，推起车子往家走。

进了家，华子哭了。号啕大哭。

"咋的啦？咋的啦？"娘从屋里跑出来，一看孩子身上青一道紫一道的，鲜血洇透了衣服。

"谁打的？"

"查坡的。"

"哪个查坡的？"

"伍……伍……伍二洪。"

华子哭得上气不接下气。

伍二洪，个头不高，三棱眼，黑黢脸，长着一脸横肉。好多人叫他喊他，叫的喊的不是"伍二洪"，也不是"二洪"，而是"伍二烘"或"二烘"。"二烘"和"二洪"音同，但意思却变了。在当地语义中，"二烘"就是"不熟"的意思，原本指的是砖窑里烧的不熟成的砖，全称"二烘砖"，简称"二烘"。

爹下地干活还没回来。娘细细地把事问了问，给孩子洗了洗脸，领着孩子去了大队卫生室，让保健员给清了清伤口，抹上了紫药水。

华子饿了，从干粮篢子里拿了一块窝窝头，从咸菜缸里捞了一个红萝卜咸菜，坐在门槛上吃。

爹下地回来了。

见到爹，华子又是一阵哭。

娘把事说给了孩子爹，当爹的撩起孩子的褂子看了看，没说话，一句话也没说，老邦邦的脸，眼里含着泪。

吃过午饭，华子娘对华子爹说："我去找他，这就去找他！我问问他，为啥打孩子？瓜是五爷给的，你为啥打他？瓜就算是他偷的，为了一个瓜，也不能打孩子！"

男人没有拦挡。

第二天，方正在村头遇见五爷，问起瓜的事。

五爷说："夜来头晌午我是给了华子一个瓜。大热的天，孩子在地里拔草，我给他摘了一个瓜。咋？不能为这事数落孩子。"

"我想问实，华子是怎么弄的一个瓜？"

"是我给的。我给他摘了一个瓜，一个大甜瓜。"

"五爷想着华子。"

"一个瓜……"五爷不以为然地说。

方正对华子娘说：

"五爷是个好人。"

十　好大一堆瓜

似有预感。这天五爷早早地就起来了，瓜地里转了一遭。东南角狼藉一片。夜里起来了两次，瓜地的小道上看守了两顿饭的工夫，还是让人偷了。看脚印，来了两个人。少了十个大西瓜。

瓜被人偷了，五爷心疼，十个大西瓜，还有被偷瓜的糟蹋的瓜秧和不熟的瓜。偷一个瓜，得糟蹋两个瓜。更让他心里隐隐作痛的是，有的人竟不拿他当"爷"。别人种的瓜能偷，五爷种的瓜也能偷吗？

五爷跟队长说："二海，卸瓜。"

卸瓜就是摘瓜。亡羊补牢，为时不晚。熟了的瓜摘了，偷瓜的就不惦着了。

生产队的瓜，熟一批摘一批，摘了就分。

生产队分瓜和分粮食一样，按"人七劳三"，也就是说，有一千斤瓜，七百斤按人分，三百斤按工分分。按人分，不分男女，不分老少，一人一份。按工分分，工分多的多分，工分少的少分，没有工分的不分。

生产队分瓜，一年不止一次，前前后后要分好几次。要是每次分瓜都按"人七劳三"算个仔细，太麻烦。如果会计不是把利索手，三天也算不出账来，等算出账来，瓜早就烂没了。 于是人们就想了一个法子：一次或两次按人分，再一次按工分分，也就是说，大体上按人分七百斤后，再按工分分三百斤。 这办法挺好，也是按"人七劳三"，阶段性找平。

生产队分瓜，先分给谁家后分给谁家？ 顺序不是先队长，二会计，三保管……也不是按辈分从大辈到小辈，也不是以姓氏笔画为序，而是按各家各户的房屋住宅在这块土疙瘩上的坐落位置。 或是从东往西挨，或是从西往东挨，或是从北往南挨，或是从南往北挨，一家一家地分。

伍庄大队第一生产队分瓜的一个顺序是：伍二法、孙长林……伍二海、伍二湖……刘一仁、方正。 这个顺序倒过来就是，方正、刘一仁……伍二湖、伍二海……孙长林、伍二法。 不管按哪个顺序分，伍二海、伍二湖两家都挨着，亲兄弟嘛，宅子挨着，分瓜时一个前一个后自是挨着，分的瓜堆也挨着。 海比湖大，二海是哥哥，二湖是弟弟。

两个顺序，按哪个顺序分？ 确定先后顺序这事儿，农家人有农家人的办法。 不是拿过一枚硬币空中一抛，看落地后是正面朝上还是反面朝上。 这个办法虽说好，可农民下地干活兜里不带钱，一是没有带钱的必要，二是钱不多，掉上一分也心疼；不是剪子包袱锤，也不是压手指头，这两个办法都得攥拳头，要么展巴掌，要么伸手指头，太费劲；更不是老虎虫子杠子，这办法咋咋呼呼的，喊得嗓子疼。

农家人的办法简单得很——抽棍棒。 有一个人做棍棒，另有一人抽棍棒。 做棍棒的从地上拾起一根细棍棒，一折两截，一截长，一截短。 背过身子，暗地里将两截棍棒握在手里，攥紧，虎口的地方只露出两个棍棒头。 露出的两个棍棒头可齐着，也可高低不齐。 真真假假，虚虚实实。 棍棒头高的不一定长，棍棒头低的不一定短，关键是握着的部分要握严，不能从手指缝里窥长短。 棍棒做好了，随便一个人抽棍棒。 只抽一根，一抽即定。 不能试抽，不能抽抽换换，也就是说，不能从抽棍棒用力的大小去判断棍棒的长短。 抽棍棒的抽了之后，做棍棒的将手伸开，比较两截棍棒的长短。 当然喽，抽前要说明，抽着长的按哪个顺序，抽着短的按哪个顺序。 先明后不争。

生产队分瓜，社员都在场的情况很少。 多数情况是社员在地里干活，队长、会计、保管员去分瓜。 或是在瓜地里分，或是在饲养处里分，或是在村头的场院里分。 抽棍棒定顺序的事也就有队长、会计、保管员代表了。 分完一家，会计就从这一家的瓜堆上拿起一个瓜，用一根硬棍棒划破瓜皮写上户主的名字，把这个瓜放在这家的瓜堆顶上，让名字朝上，或是将一张写有户主名字的纸条压在瓜堆上。 收工后，社员就寻着名字找自家的瓜堆。

伍庄第一生产队这次分瓜是按人分的，不管大人小孩每人一份。 干活的、不干活的、上学的、念书的，只要是生产队里的一口人，就有一份。 人口多的多分，人口少的少分。 按人分时，上午添的小孩，下午分瓜就有这个小孩的份儿，和大人一样，一斤不少。 这时，人口少的户家自是眼热人口多的户家。

家家天井里吃着瓜，估算着今年生产队里能添几个娃娃。 怀孕的小媳妇吃着大甜瓜，抚摸着肚子里的小宝宝，掐算着临盆的日子。

方正家六口人，这次分了好大一堆瓜。

方正把瓜推到家，挑了一个又大又好的十道纹面瓜，洗得干干净净，放在海碗里，给娘端到屋里。

华子娘火屋里烧火做饭。

方正天井里坐着，看着一大堆瓜，却是一点也高兴不起来。瓜不能白吃，秋后是要算账的，吃瓜就是吃钱，没有钱呀！热了，渴了，去井里打一桶井拔凉水，放在桌子底下，一家人谁愿喝谁喝。井里的凉水不花钱。

生产队是收了麦子分麦子，卸了瓜分瓜，摘了茄子分茄子，割了韭菜分韭菜，打了谷子分谷子，刨了地瓜分地瓜……起了白菜分白菜，杀了猪分肉，秋后算账。秋后算账，就是年终决算。秋后，生产队把一年来分给社员的东西都折算成钱，国家有牌价的按牌价，没有牌价的参照市场价。实物折款，加上现金（现金或多或少，生产队收入好就多，收入不好就少，有时能一分钱也没有），这两部分钱合起来，秋后分红。分红就是分钱。分钱不是按"人七劳三"，而是按"劳"，百分之百的按劳，"各尽所能，按劳分配"。按劳就是按工分，工分多的多分，工分少的少分，没有工分的不分。各家账面上分得的钱扣除所分东西的折价款，就是实际分的钱。秋后分红，有些户家能分到钱，分到手的是看得见、摸得着的票子，有的户家账面上的钱不抵所分东西的折价款，分到手的是饥荒，得从家里拿钱给生产队或是分钱户，补足所分东西的折价钱，这种分钱叫"拔钱"。

方正家吃饭的不少，干活的不多，挣的工分不多，年年拔钱。拔钱，钱从哪儿来？家徒四壁，能拿到集市上折变钱的，就是那不多的一点口粮。

天井里，方正看着一大堆瓜发呆。

女儿小玲蹦蹦跳跳地家来了。她知道家里分了瓜。进家见天井里堆着好大好大一堆瓜，喜得跳了起来："瓜，瓜，这么大一堆瓜呀！"说着，拿起一个大甜瓜就去水瓮里舀水洗瓜。

"瓜！你就知道吃瓜！"

小玲哇的一声哭了。手中的瓜啪的一声掉在地上。瓜子、瓜瓤随着浓香的瓜汁淌了出来。老母鸡咯咯咯地叫着走了过来，探头探脑，一步一步走近，啄食地上的瓜子与瓜瓤。

小玲哭得一塌糊涂。她不知道，一向疼爱自己的爹，为啥发这么大的火。

娘从火屋里跑出来，搂抱着女儿，怒撑男人："咋，瓜分来不是吃的吗？照着孩子发的啥火？"娘从瓜堆上拿起一个瓜给小玲，小玲没接，还是哭，抽抽搭搭地哭。

火不烧了，饭也不做了，女人拿起一个瓜，大襟上擦了擦，赌气地吃了起来，大口大口地吃了起来。

"我叫你吃！"

男人说着从瓜堆上拿起一个瓜狠狠地摔在地上。瓜汁四溅，吓得老母鸡夸着翅膀一跳老高。

"摔，有本事把这一堆瓜全摔了！"

男人赌气，抱起一个大西瓜又要摔……女人紧忙地拦住了。夺过西瓜，狠狠地把男人按在凳子上。

"咋了？你疯了！心烦的时候就不能拢一拢吗？"

男人是火棍，女人是水盆。

男人凳子上坐着，不再说啥。

天井里顿时静了下来。只是小玲还在哭，抽抽搭搭地哭，哭声也小了。

男人凳子上坐着，火气渐渐地小下来，自己给自己破火，也是自己给自己圆理，说："瓜多吃一口少吃一口还不是一个样？分得多吃得就多，秋后拔钱就多。吃瓜是能当了干渴？是能当了饥困？"

女人说："瓜分来就是吃的。再给这么一堆还要。夏天吃夏天的瓜，秋后说秋后的账，走到哪里说哪里。是事不是事的先拿愁闷，拿愁闷能当了啥？吃瓜能当了干渴，也能当了饥困，人家五爷瓜园里吃个大面瓜，能省下后响一顿饭。"

云消雾散。男人心中的烦闷没了，脸上露出一丝儿笑。他也听人家说，五爷瓜园里吃个大面瓜，就能省下后响一顿饭。

方老太耳背，屋里坐着，看出天井里吵吵嚷嚷的，却不知道吵嚷的啥。拄着拐棍跟跟跄跄地来到屋门口，倚着门框说："没这事没那事的，吵吵啥？"小玲跑过去，把奶奶领进屋里，扶到椅子上。小玲妈进屋，贴着婆婆的耳朵说："您那儿……您那儿吵小玲。嫌她进家不打扫天井，先吃瓜。"老太太往外看着天井，屋里数落儿子："没味地吵孩子，净没味地吵孩子。先吃个瓜再打扫天井，能晚到哪里？"奶奶接着就转过脸来，对孙女说："少惹你爹生气。当家人，家里外头这事那事的，挺不容易的。他说不定为啥事烦，烦过那一阵子就好了。"

奶奶拿起海碗里的一大块面瓜让小玲吃。"你尝尝，稀面。又甜又面，可好吃啦！"小玲摇头。爹洗好了一个又脆又甜的大甜瓜走了进来。指了指脆甜瓜又指了指小玲，对娘说："她爱吃脆的。"爹往小玲手里递甜瓜，小玲噘着个小嘴，却是不予理睬。"傻！"奶奶说着接过儿子手里的瓜，塞到孙女手里。

第二天玉皇庙大集。集上，有个小女孩守着一篮子大甜瓜，眼巴巴地看着赶集的人。"甜瓜，甜瓜，卖甜瓜了。"小女孩轻声叫卖着。

伍二湖把瓜运到家，将甜瓜、梢瓜、西瓜，一袋子一袋子从车子上搬了下来，放进屋里。好大一堆瓜。

他把车子放到一边。端起脸盆，从水瓮里舀了水，洗手、洗脸。手像撒欢的鱼儿，搅得脸盆里的水哗哗地响。洗完脸，一手端起脸盆，一手撩着，将洗脸水洒在地上，放下脸盆就拿起扫帚扫天井。打扫天井这活儿一向是老婆干，二湖这可是大闺女坐轿头一回。

"哟，今天太阳这是从哪边出来了？"老婆连讽带刺。

二湖不说话，想笑，却是没笑，嘴鼓着，像个含苞待放的花骨朵。只管扫地，弯着腰不停地扫，旮旮旯旯扫了个遍。

二湖放下扫帚，搬过吃饭桌，从屋里抱出一个不大不小的西瓜，抱到饭桌上，从火屋里拿出切菜刀，先从西瓜腚上切下一个"钹片儿"，揪住西瓜蒂，用"钹片儿"擦了擦刀上的铁锈和咸菜味，将刀刃搁在西瓜的当腰处，一手握着刀把，一手在刀背上轻轻一拍，哧啦，一道豁到底，西瓜一分两半，瓤立时就胀了。再合，合不煞口。二湖啧啧有声："看，五爷种的西瓜就是好，切开，瓤立时就胀了。"

甜瓜吃头，西瓜吃腚。二湖又将后半个西瓜切成一角一角的。西瓜是个黑皮西瓜，红瓤黑子，刚好要起沙，吃一口又甜又香。二湖吃一角又一角，一气吃了半个西瓜。他吃着西瓜，忍不住地笑，差点儿让瓜汁给呛着。

天井里，二湖笑眯眯的，打着饱嗝，扑拉着圆滚滚的肚子，歪着脖子，瞅着屋里的瓜，脚打着腚瓜转圈儿，转了一圈又一圈。

女人整理饭桌，端饭盆，布碗筷，盛饭碗，歪头看一眼自己的男人，看一眼再看一眼，就是看不懂。小声地说："这是咋了？咋这么恣？ 得了谁家的好事？"男人不说话，仍旧是忍不住地笑，仍旧是转圈儿，转得越发快了，像个上足了劲的陀螺，一圈一圈又一圈，滴溜溜地转。

吃着饭嫂子来了。嫂子也是正吃着饭，一双筷子还握在手里呢。嫂子进家，下意识地扫了一眼院子，不见瓜在哪里。

"嫂子，我给你盛碗饭在这里吃吧。"二湖家的起身拿座位。

"不。我来找二湖。"

二湖家的看着嫂子脸色不大对劲，正想问有啥事吗，嫂子说话了：

"二湖，你收错了瓜。把俺那一堆收了！"

"没收错。"

"没收错？"

"没收错，就是没收错！我收的是俺那一堆。你那一堆上写着俺哥哥的名字，俺那一堆上写着我的名字。一个是伍二海，一个是伍二湖。真格的了，我还能认不准'海'和'湖'吗？"

二湖家的清楚了嫂子来是为收瓜的事，遂问："嫂子，这次分瓜是按人分的还是按工分分的？"嫂子说："按人分的。"二湖家的说："既然是按人分的，两家一样多的人，两堆一样多的瓜，收哪一堆不是一个样？ 无非瓜有个好点孬点。隔皮猜瓜，看着好的也不一定好，看着孬的也不一定孬。好吃才是好瓜。"

嫂子嘟着嘴，沉着脸，不说话。

二湖家的继续给嫂子消气破火："嫂子，你又不是不知道你兄弟，他就是这户熊玩意！让他往东他往西，叫他打狗他轰鸡。拿起尿布当手巾，拖过黄鼬当马骑。整个一个小迷瞪，活活一个大咧咧。 也不弄准是正分的还是倒分的，也不看准瓜上写着伍二海还是伍二湖，逮着一堆就收。 别和他一般见识，别跟他瞎吵吵，我给你盛碗饭，坐下吃饭。"

二湖瞪眼，熊老婆："你别瞎掺合。 这里边没有你的事。 不知道的事别瞎掺合。 我没收错，我收的是咱那一堆。 我收的瓜堆上写着伍二湖。"

"哼！"嫂子撇嘴，"嘴硬。 吃了昧心食还不承认！"

"谁嘴硬？ 谁吃了昧心食？"

"你嘴硬！ 你吃了昧心食！"

"走，咱去看看！"

二湖撂下碗筷，和嫂子吵着嚷着从西家来到东家。 三找两找，二湖从嫂子家的瓜堆里找出一个瓜，上面写着"伍二海"。

"你看看，你看看……这瓜上写着俺哥哥的名字呢！ 我怎么能收你的瓜？"二湖拿着瓜让嫂子看。

"看清了吧，瓜上写着'伍二海'。"

嫂子傻了眼，立时窘在那里。

伍二海怒发冲冠，撂下碗筷，腾地一下子站了起来，指着二湖说："二湖，咱玩这个吗！？"

二湖凑近一步："玩啥个？"

"玩啥个？ 你知道！"

"你知道！"

"你知道！"

"你知道！"

"……"

"……"

兄弟俩你一句我一句，像两只争斗的大公鸡，瞪着眼，红着脸，梗着脖子，天井里吵了起来。

听到吵架声，四邻八舍都支起了耳朵。吃饭的不吃了，刷锅洗碗的也不刷不洗了，喂猪的紧忙地将桶里的猪食倒进猪食槽子。有的站在自家天井里；有的把着墙头、跷着脚，脖子伸得长长的；有的大门口倚着门框；有的从家里跑出来，胡同里、大街上站满了人；也有的去了二海家，拉架、劝架。

"吵啥吵？收哪一堆不是一样？按人分的瓜，两家一样多的人，两堆一样多的瓜。"

"可是呢，吵啥吵？收哪一堆不是一样？两堆瓜一样多。"

"不管哪一堆，收一堆就行。两家一样多的人，两堆一样多的瓜。"

"……"

吃饭品滋味，听话听后音。一个劝架的这么说，两个劝架的这么说，三个劝架的这么说，这么说的人多了，兄弟俩就听出了后音，就都不吵吵了。

先是二海两口子乌龟一样缩进屋里。

再是二湖老鼠一样贴着墙根溜溜地家去了。

吵架的不吵了。劝架的走了。看热闹的人还没看够，迟迟不肯离去。耳朵尖的还能隐隐约约地听到二海两口子在屋里吵吵。

男的说："你不压事。"

女的说："你不存事。"

男的说："我让你去找他了吗？"

女的说："耳不听心不烦。这事你不说我能知道吗？不知道的事我能去找他吗？哼，这事你就不该说，让它存在心里烂在肚里,哪有这些事。 这下子可好,一掀掀出一锅。"

两口子小声吵吵了几句,也就不吵吵了。

"唉,"二海家的叹一口气,"哑巴让狗奂了,有话不能说。"

伍庄人夏天有做西瓜酱的习惯。

做西瓜酱,须先做"酱豆"。 将黄豆去杂洗净放锅里煮,煮熟后用笊篱捞出来,撒面粉于湿豆上,让湿豆均匀地裹上一层面,湿豆成了面豆。 再将面豆摊在盖簟上,罩上笼布,在没有苍蝇蚊子的屋里发酵五六天。 将发酵好的面豆晒干就是酱豆。 选熟好了的优质大西瓜,取出瓜瓤,大体按一斤酱豆二斤瓜瓤的比例下料,一斤酱豆放四两食盐(盐多了咸,盐少了酸酱),搅和好,装入酱坛子,密封发酵,晒三伏。

做西瓜酱,有的户家做得好,豆香、面香、西瓜香,三香相得益彰。 有的户家做得不怎么样,要么太咸;要么有点儿酸;要么酱豆没有发酵好,连带着西瓜的清香也没了,豆香、面香、西瓜香,三香没有一香。

伍二海、伍二湖兄弟俩吵架的事,成了人们茶余饭后的谈资,不光伍庄一队的社员在议论,整个伍庄都在议论,事儿冒着泡儿地发酵,伴随着家家户户酱坛里的西瓜酱,发酵了整整一个三伏天。

都说"一坛子好酱"。

十一 拔园

立秋了。

立了秋的瓜，肉薄，瓤多，不甜也不香，吃起来没滋味。立了秋，瓜秧渐渐地枯黄，瓜园到了即将拔园的时候。

拔园和开园不同，拔园不举行仪式。拔园这天，生产队安排人卸瓜。大瓜小瓜、熟的不熟的，只要个头儿看着行，就摘，摘了就分。拔园分瓜是一年最后一次分瓜。

拔园这天，生产队卸完瓜，瓜园就谁愿进谁进。娘儿们孩子拥进瓜园，寻找生产队不要的鸡蛋大鸭蛋大的小梢瓜、小甜瓜（确切地说是小苦瓜），拿回家洗洗，拽到咸菜缸里腌咸菜。苦瓜一腌就不苦了，脆脆的、咸咸的，挺下饭。寻得馒头大、茄子大的小西瓜，能吃的就吃，不能吃的就喂猪。眼尖的，运气好的也能发现"新大陆"，草丛里，瓜秧下寻得一个熟了的大甜瓜。

瓜秧拔了，瓜秧下的草，莠草、蔓草、香草、墩子草，这草那草，大的小的都露了出来。五爷又耪地了，一锄挨一锄，把个瓜地耪个遍。这一遍不是耪白茬，是耪老草。

蓝天白云下，瓜地里，五爷哈着腰，挥动锄头，浅浅地，贴着地皮将老草齐根儿铲了下来，就像理发师架着剃刀给顾客剃光头那样，欤、欤、欤，活儿轻松，心情愉快。别说生产队还给记着工分，单说收获这一地老草，也就很值了，老草就是钱。三斤鲜草晒一斤干草。春天有买干老草的。饲草喂不到下来麦糠，喂不到下来青草的生产队，买干老草喂牲口。镇上的供销社也买干老草，供销社用马车从城里进货，买干老草喂骡马。赶着小驴车拉脚做买卖的也买干老草，买来喂驴。一斤干老草能卖一毛钱，三斤干草的钱能顶一个整劳力在生产队里干一天活的收入。县里开三级（县级、公社级、大队级）干部大会，散会时发给参加会议的大队干部的误工补贴，就是每人每天三毛钱。

五爷铲下老草，让老草在瓜地里晒干，将干老草搂成堆，打成捆，挑回家，闲园子里垛起一个圆鼓鼓的小草垛。

五爷想喂只羊，喂只母羊，让它将羊。

一天，五爷对二法说："二法，耽误半天工夫和我赶个集，帮我掌掌眼，买只羊。"

"行。"二法满口应承。

瓜地边上的豆角棵，该拔的拔，该拢的拢。月豆角秧拔了，地边上一团一团地晒着，晒干了烧火做饭。八月忙的秧还得留一留，沿地边顺成一绺，或是地角上盘成一团。南瓜还让它地头上长着。

瓜地里种上了大白菜。

一场秋雨过后，白菜一棵一棵小喇叭似的长着，绿油油的一地。秋凉中，八月忙开着白的花、紫的花，结着青绿短粗的豆角。南瓜棵上的老叶子已经枯萎，落了长而粗糙的主蔓，在大地上裸露着像一条条绳索。老蔓上长出了细而短的新蔓，新蔓上长着嫩绿的叶，开着鲜黄的花，结的南瓜一个一个油光闪亮，就是头有点儿大。 秋南瓜头大。

一队瓜地的东边，紧挨着的是二队的地瓜地。

这天二队刨地瓜。 一些户家的口粮接不上了，先刨点，各家分点先吃着。 不到大片刨地瓜的时候，先刨点吃着，自是刨得不多，二队队长就安排了一辆老牛车，把地瓜拉到饲养处里分。

拉地瓜这活儿要两个人，一个赶车的，一个跟车的。 赶车的摇着鞭子前边赶着老牛，跟车的后边跟着车走。 车上掉下地瓜，跟车的拾起来放到车上；道上若是有人想从车上拿地瓜，一看有跟车的，多是不好意思了。 赶车的是老马，跟车的是大艾。 老马拖着一条老寒腿，走道一歪一拐的。 大艾腿脚轻便嘴皮子薄，有个外号叫"爱说说"。 老马摇着鞭子，一歪一拐地赶着老牛前边慢慢地走。 爱说说内急，后边转过身子，大地上哗哗地撒尿。

西天的太阳快要落下去了，坡里干活的都已收工。 回家烧火做饭的，回家喂猪饲狗的，都急急忙忙往家走。 奶着孩子的年轻妈妈，那是恨不得一步迈进家门，给孩子喂奶。 奶子胀得生疼，孩子一定是饿了。 家务活有人干的，回到家能吃个现成饭的，并不急着往家走，能拔点菜就拔点菜，能拔点草就拔点草，能拾把柴就拾把柴。

伍二法肩膀上撅着一个粪叉子，粪叉子头上挑着粪篮子。 粪篮子随着他的走动，轻轻地荡着。 粪篮子里没有粪，就两棵喂猪的老苣苣菜。 二法见二队拉地瓜的牛车正从地里往大道上走，就斜着插了过来。 不近不远，跟在车的后边走。

喧地里，拉地瓜的车左晃荡右晃荡，晃下两块大地瓜。 二法紧走两步，弯腰拾了起来，放进篮子里。两块大地瓜，一家人稠乎乎的一顿地瓜黏粥。来到瓜地头上，见一个大花花南瓜挺喜人的，搭手就摔了下来，也放进篮子里。一个大菜南瓜，炒一回菜用不了，还能再煎一回南瓜咸食。

二法拾地瓜、摘南瓜，都让爱说说看见了。爱说说后边赶上来，张口就说上了："地上的拾着，棵上的摘着。出门带着三盘磨，欺磨（欺摸）、割磨（割摸）加兑磨（兑摸）。"

"穷腔①！"

二法不愠不火，张口回敬了一句。

"明天晌午煎南瓜咸食。到我那里吃南瓜咸食。"二法请爱说说吃南瓜咸食，"天下第一口南瓜咸食。"

爱说说说："天下第一口煎茄子。今天晌午俺吃的煎茄子。"

"哼，说说就当吃了吧。你老婆过日子那么个细法，还舍得煎茄子。"

老马赶着老牛车前边慢慢地走，后边两个人说说拉拉地跟着，车上掉下地瓜，二法就帮着爱说说一块一块拾到车上。

到了村头，拉地瓜的车要和二法分手了，老牛撅起了尾巴，沥沥拉拉地拉了好几摊屎。一路没言语的老马，一个巴掌狠狠地拍在了老牛的屁股上："老牛就想着二法。几步不就进家了，非要在这里把屎拉。"

二法心里美美的，将肩上的篮子放在牛粪旁。

"二分。二分又到手了！小日子还有混不好？"爱说说指着

---

① 山东方言。指贪嘴。

一摊一摊的牛粪说二法。"叫唤,穷叫唤。 叫唤乖子①没有肉。"二法冲爱说说说。 接着又慢悠悠说:"咱先不说工分。 先说把粪拾了道上干净,兄弟爷们好走道,不然踩一脚屎。"

二法把两块大地瓜放进衣兜,把南瓜、苣苣菜拿出来先放在地上,将牛粪拾进篮子里。 拾了沉甸甸的半篮子粪。 拾完粪,还是把苣苣菜放进篮子,肩起篮子,拾起大南瓜,迈开大步往家走。

---

① 山东方言。乖子,指蝈蝈;叫唤乖子,指雄蝈蝈。

十二　二法肉食站卖猪

"广大社员注意了，广大社员注意了，公社肉食站的同志来村里看猪了。谁家有肥猪，快点领着验级员到家里看看，别耽误了卖猪。广大社员注意了，广大社员注意了，卖爱国猪啦，卖爱国猪啦！"

早晨，大队领导爬上办公室的屋顶，拿着喊话筒，转动着身子，向着全村咋呼。

伍二法听到广播，快步来到大街上，正好碰见肉食站的验级员小傅，就领着小傅往家走。随后又跟上三个人，其中两个是跟着来看二法的大肥猪，一个是来找验级员，让验级员去他家看猪。

猪听着呼呼啦啦来了一帮人，本来是圈里趴着的，忽地站了起来，大嘴巴一张一张的，弄得呱嗒呱嗒地响。样子挺凶。

三个街坊都说，这猪蛮行，这猪蛮行。一个说能验个一级，一个说能验个特级。小傅拾起一个核桃大的小砖头，照着猪的屁股投了过去。猪呱嗒着嘴巴顺着台阶从上栏跑到下栏。小傅又一跺脚，猪顺着台阶从下栏跑到上栏，嘴巴一个劲地呱嗒着。

"行。"小傅毫不含糊地说。

"能验个几级？"二法问。

"几级？ 那得到站上验。 能验几级是几级。"

卖肥猪的将猪运到肉食站，先验级后过磅。 验级员卡卡猪的脖梗，拍拍猪的脊背，抠抠猪的腋窝，摁摁猪的肚子，根据肉膘的厚度给出猪的等级。 用剪子剪猪毛，在猪的身上剪出一个阿拉伯数字，一级剪个"1"，二级剪个"2"，三级剪个"3"……特级剪个"T"。 特级很少。 特级比1级好，1级比2级好，2级比3级好。 肥肉膘子越厚越好，腔油越多越好。

小傅签下一张票号递给伍二法。

"十点，十点前送到肉食站。"

"哪一天？"

"今天。"

"今天？"

小傅说，国庆节、八月十五马上就要来到，公社肉食站接上级紧急通知，让赶紧收购一百头活猪，下午六点前送到济南。

二法的眉头立时就皱了起来。 ——还没给猪喂食呢！

猪受了惊吓，喂它，它是不吃的。 这时喂它肉包子它也不吃，只能卖空肚子猪。 卖空肚子猪比喂饱了卖，得少卖好多斤。

以往肉食站下来看猪，都是提前一天或两天。 给了票号，明天或是后天才去送猪。 猪受了惊吓，头一顿不吃，下一顿就吃了。 卖猪时，都是给猪改善生活，让猪狠狠地吃上一肚子。 一斤肥猪总比一斤猪食贵。

公社肉食站的同志走了。 二法怅一口气，对老婆说："五斤，往少里说五斤肥猪钱没了。"

二法家的不放过一点希望。葱花油盐炝锅做了浇汤，倒进麻糁里，搅成粥，提着猪食桶，唠唠唠唠地唤着，拿着猪食勺子舀了猪食凑近猪的嘴巴，哄小孩子似的哄着猪吃。好哄歹哄，猪闻到葱花油盐的香味，总算吃下一点。

去公社肉食站卖猪，二法先是向生产队长请了假，接着喊来刘一仁和伍二湖，让两个人帮着逮猪。

二法把大门关上。来到猪圈，把挡圈的碌碡放倒，引猪出圈。

院子里，刘一仁慢慢地抄到猪的后边，给猪一个不注意，右手猛地一把抓起猪的右后腿，紧接着左手又一把抓起猪的左后腿。两手死死地抓着、提着猪的两条后腿，胳膊用力撑着，身子用力挺着。猪失去了后腿的蹬力，前腿撑着地，逃又逃不掉，只能没命地嚎叫。二湖跑过来，从一侧抓住猪的一个耳朵，狠狠一扳，一仁紧密配合，提着猪的两根后腿顺势一抢，把猪扳翻在地。接着，二湖一条腿跪在了猪的脖梗上，一仁一条腿跪在了猪的后腚上。两个人把猪死死地按在了地上。二法拿来苘麻绳，把猪的四个蹄子捆缚好。两个抬秤的，一个扶秤的，一称，高高的秤，不多不少整二百斤。

把猪抬到太平车子上，让猪的头朝车把，腚朝车头，四蹄子朝上，结结实实地捆绑在车子架杆上。车子偏沉，二法在车子另一边的车盘前头压上了一个大坯块。一块大坯块压不过偏来，又不能多放，放多了沉，就让车子歪斜着走路。二法不忘车子上放上粪篮子和粪叉子。

二法家的拿脸盆盛了水,让一仁和二湖洗了手。又拿出香烟让两个人抽,让两个人屋里坐,两个人都摆手,肩并肩地走了。

伍二法推着车子前边大步走,老婆提着一个布兜后边溜溜地跟着,猪仰面朝天躺在车子上,有气无力地哼哼着。街坊们见了,都啧啧有声:"看,人家又卖肥猪啦!真是,越有越接,越穷越憋。"

去公社肉食站卖肥猪,到手的不光是大把的票子,粮所还平价卖给猪饲料,地瓜干、豆饼、花生饼什么的,另外还奖励布票。

伍庄距公社肉食站七里地。紧忙地走,没用一个小时就到了。

挺好,路上猪没拉屎,也没撒尿。

到了肉食站没排号,卸下猪就验级。验级员小傅麻利地卡了卡了猪的脖梗,拍了拍猪的脊背,抠了抠猪的腋窝,摁了摁猪的肚子,右手食指朝天一竖,拿眼睛问伍二法:卖不卖?

"卖。"

伍二法盼的是特级,一级也卖。

验级员手中的剪子在猪身上麻利地剪出一个"1"字。

挺好,验级时猪没拉屎,也没撒尿。

验完级就过磅,一切都挺紧凑的。把猪抬进磅秤的 V 型架里,伍二法的注意力随即移到了磅秤杆上。

磅秤杆老是稳不住,一个劲地往下奔拉。过磅员不停地往里拨拉游砣。伍二法心急如焚。这是咋回事?一看,猪正撒尿呢!尿像一股喷泉从猪的肚子里哗哗地往外流。说时迟那时快,二法抬起脚,照着猪的屁股踢了一下。猪哼了一声,立时就不尿了。

磅秤杆稳住了。过磅员向伍二法竖起了大拇指。过磅员旋动机关,压下磅秤杆,报出斤数:"一百九十七斤半。"

"折耗了两斤半。不多,不多,折耗得不多。"二法心里说,"这一脚,猪少撒了半泡尿,少折耗半斤沉。"

第二章

一　年夜里方正教子

中考填报志愿时，华子问爹，考啥学校？考高中还是考中专？爹说，考清华。华子说，清华是大学。爹说，考就考大的，小的咱还不考呢！华子说，考大学得先考高中，上了高中才能考大学。爹说，那就先考高中。

就这样，初中毕业选报志愿，华子报考了高中。华子也很想考大学，考名牌大学。

方正并不清楚学校那些事儿，不知道有"中专"这类学校，当然也就不知道高中与中专的区别在哪里。其实，高中与中专的区别在哪里，华子也不甚了解，他只是梦想考大学。老师对他说，想考大学就得报考高中。老师也希望他报考高中，高中毕业再考大学。

有两处高中可报考，一处是本县的高中，一处是市里的高中。华子问老师，哪个高中好？老师说，当然是市里的高中好，市里的高中是重点高中，办学条件好，师资力量强。华子问老师，他报考市里的高中能考上吗？老师说，能考上，一点问题也没有。就这样，华子报考了市重点高中。竟真的考上了，考得还不错，考了个第十名。

虽说是念书，也是出门在外。一九六五年寒假，半年没回家的华子，放假回家时想给家人买点东西，买点稀罕东西。穷学生，没有钱，买点啥呢？华子来到蔬菜店，看到柜台里的韭菜，他心头一振，青绿嫩鲜的韭菜，搁在冬天可是稀罕物！六毛钱一斤，他狠了狠心，花了三毛钱买了半斤韭菜。过年了，他想让娘包点韭菜水饺，让一家人尝一尝。

放假回到家，眼前的境况让他久久无语。

北屋的桌子底下，撂着两个稻草包，稻草包里是冻得冰砣一样的甜菜渣。干粮簟子里也是甜菜渣，是蒸熟的甜菜渣。再有几天就过年了，家里吃的还是甜菜渣。白萝卜条一样的甜菜渣，就是一家人的饭，上顿吃了下顿还吃。他从书包里拿出用纸包着的半斤韭菜递给娘，娘接过韭菜：

"韭菜，这韭菜咋吃？"

过来的一年，前半年尚可，后半年大雨滂沱，一场接一场，秋庄稼全给淹了，几近绝产。政府从东北调来甜菜渣让社员度荒。

北屋的后大墙倒了。没有钱买砖，现成的土坯也没有，爹就和泥扎墙，一层一层地扎，一层一尺多高。扎的时间不同，墙的干湿程度不同，墙的颜色不一样，一层一层还看得分明。

看着看着，华子眼前就浮现出爹娘扎墙的身影。

爹先挑水和泥，把泥和好了，抽袋烟歇一歇，也让泥巴饧一饧。接下来就扎墙。爹墙头上蹲着，娘拿一张铁锨，泥巴上站着。娘铲起一锨泥巴，挥动臂膊，用力上举。爹看着锨头，胳膊往下一伸，两手接着泥巴，将泥巴按在墙头上。娘一锨一锨地铲，爹一锨一锨地接。一锨一锨，地上的泥巴上了墙，墙一点一点长高。娘小脚，脚指头窝在脚心里，蹬锨用力，脚指头生疼，一用力半个脚就陷进泥巴里。

和泥扎墙，这活儿急不得，扎一层要抻好几天，等前边扎的一层硬邦了，挺住了，才能再往上扎。不然，下边的墙撑不住，整个墙都塌了下来，前功尽弃。晚秋，日短天凉，墙干得慢，活儿还没干完呢，就上冻了，墙就不能扎了，上面还有一截没有扎合，还露天敞着，爹就拿秫秸挡上，塞上了草把子。

华子眼里含了泪。自己要是在家，能帮爹和泥，能帮爹扎墙，或许能赶在上冻前把墙扎合。墙越扎越高，娘举锨没有那么大的力气。

冷屋、土炕，暴风雪的夜晚，怒号的北风裹挟着雪花，钻进屋子里，打在脸上，刀割一样的疼。晴天的夜晚，从柴草缝里看到的是冷蓝的天空和冰凉的星星。

窟窿眼睛的土墙，透风撒气的门窗，苇箔已经霉烂的房顶……"床头屋漏无干处，雨脚如麻未断绝"，那阴雨连绵的日子，一家人是怎么度过的……

想着想着，华子哭了。

家徒四壁，念书于华子，已是想念又不忍心。

"爹，咱不念了。"

华子向爹提出不念，这已经是第二次了。

第一次是在三年生活困难时期，家里没啥吃，吃糠咽菜也填不饱肚子。那时华子在镇上的完小念小学高年级，学校离家五里地，中午要带一顿的干粮。家里常常是吃了上顿没下顿，带中午一顿的干粮就是个很大的困难。方正已是骨瘦如柴，朝不保夕，政府让他住进了临时办的疗养院。疗养院就在镇上，和完小相距一百米。一天午饭后，华子来到疗养院对爹说，村里谁谁谁也不念了，没啥吃，咱也不念了。哪想话一出口就遭到父亲的训斥："不念？不念能管了啥事！日子不能老是这个样，会慢慢地好起来的。不念，以后后悔就晚了。过了这个村，就没了这个店。"方正从被子底下拿出一个地瓜面子窝窝头，让华子背对着门口吃，吃了就催他去上学。

这次华子提出不念，方正没有训斥儿子，他已经品尝到，供个高中生要比供个小学生、初中生困难得多。

华子在村里念小学时，在家吃，在家住，吃的穿的都好将就。没有干粮了，喝碗野菜粥一样去上学；鞋子露着脚指头，棉袄露着套子，上学照样穿着。星期天或是一早一晚放了学，还能帮家里不少忙：推磨呀，拾柴呀，捋榆叶剜菜呀，从湾里挑水浇丝瓜呀，这活那活的不少干呢。秋后，早晨放了学娘还没做熟饭，华子就提起篮子去村头的堡子地里拾树叶。村头有梨树行子，梨树行子一旁有地瓜地，有萝卜地，秋天刨地瓜刨萝卜刨得地里窝子坑坑的，有梨树叶子就飘落在窝里坑里。窝里坑里的梨树叶子，搂柴火的不搂，用笆子搂不起来。华子用手拾，一个叶一个叶地拾，饭前能拾一大篮子。

华子上初中时住校，虽说一早一晚不能帮家里的忙，可每星期六下午回家后，星期天下午返校前，近一天的时间也能帮家里干点儿活。学校离家三十里路，上学来回都是跑，不用花路费钱。最主要的是，吃的还是从家里带，有好就吃好，有孬就吃孬，一切都好将就。星期天下午返校时，饼子窝窝的，娘给他蒸上能吃两三天的干粮，再带上点地瓜干或地瓜面子，一星期的嚼用就够了。干粮容易发霉，先吃干粮后吃地瓜干或地瓜面子。将地瓜干泡软、洗净，用笼布包着放在学校伙房的笼屉上蒸，蒸熟后像吃饼干吃点心那样一片一片地吃。将地瓜面子蒸成窝窝头，放在学校伙房的笼屉上，伙房师傅就给蒸熟。上学时从咸菜缸里捞上一个水萝卜，切成萝卜条，放在小罐里，淋上点熟油就是一星期的菜。没有咸菜，就吃炒盐粒。给盐粒裹上点面糊，再淋上点油，一炒，就是咸菜。没有面糊，就光炒盐粒。

华子上了高中，离家远了，一学期才能回家一趟，家里的忙帮不上了，一点也帮不上了。而且，不能从家里带干粮带咸菜了，吃的穿的用的都不和念小学、念初中时那么好将就了，开学、放假，来回路上也得花钱，上学的费用高了。

方正看着桌子底下的甜菜渣，愁眉不展。他为儿子上学犯愁。在家吃甜菜渣能行，带着甜菜渣去学校不行。拿着甜菜渣去粮所换粮票，粮所一定是不要。

腊月二十六，方正一家领到政府给的过年救济——十五斤麦子。

华子娘将麦子簸了簸，挑了挑，用湿笼布将麦子擦了擦，晾了晾，这就推磨。华子、小芳还有小玲，三个人抱着磨把棍推磨，娘罗面。石磨很沉，磨面粉是最累的，三个人却把石磨推得唱片儿似的转。

有了面粉，能吃上饺子了，年就有了年味。

华子娘包了三碗韭菜水饺。老太太吃了一碗，再就是供飨先祖，供飨神佛，一家人也都尝了尝。老太太推下饭碗说："有钱人家过年吃韭黄包子，还没听说谁家过年吃韭菜包子，咱过年吃上韭菜包子啦！"老太太过年吃上了韭菜包子，有种今生今世无憾事的知足感。华子娘不忘嘱咐小玲："在外边不要说过年吃韭菜包子。说吃韭菜包子，人家就不救济咱了。"小玲重重地点了点头。

年三十晚上守岁。

方正问助学金的事。华子说，助学金是班里评定，两块的、三块的、四块的、五块的，家庭困难的学生有助学金，家庭不困难的学生没有助学金。烈士子女每月七块五毛钱，只要是烈士子女就享受这个待遇，不用评定。"那，咱在班里还不是最困难的？"华子说："是最困难的。我觉着是最困难的。助学金的评定不是那么准确，每月五块的不一定就比每月四块的家庭困难。有的人哭穷，老师也很难摸清每个学生的家庭情况。"

方正问粮食补差的事。华子说，粮食补差就是，生产队分给的口粮一个月不足三十斤的，国家给补足三十斤。"咱每月的粮食补差是六斤。""补得少。生产队分给的口粮每月摊不着二十四斤，"华子说："公社粮所给开的证明是每月二十四斤，咱说了不算。咱把公社粮所给开的证明信交给学校司务处，司务处拿着证明信到市里的粮所办粮食补差。补给的是粮食指标，得花钱买饭票。一斤饭票两毛钱。"

方正对儿子说，书还是要念的。在旧社会，老百姓的孩子想念书，念不起。现在是新社会，有共产党领导，老百姓的孩子能念起书了。别看这几块钱的助学金，管好大事呢，顶生产队半个劳动力。国家号召念书，还给助学金，还补贴粮食，你们又正是念书的时候，咋能不念呢？不念书，老是穷。该念书的时候不念书，过了这个村可就没了这个店。现在不念，以后后悔就晚了。现在，穷的富的差不了多少。多上二百斤粮食就是富，少上二百斤粮食就是穷。念书和不念书大不一样，有文化和没文化大不一样，差的不是二百斤粮食。穷，就穷日子穷过，吃得孬一点，穿得孬一点，日子紧巴一点，书还是要念的。你们念了书，有了本事，爹娘也就省心了，也就放心了。孩子不行的，大人要操心一辈子。要往长远里看，不能光看当时，不能光看眼前，该念书的时候就念书，念下书受用一辈子。念书，挣不到工分，分不到钱，可生产队还分给口粮，这就挺好。像今年这年成，涝了，地里不见么，干一年来，工分多的工分少的还不是一个样？都没了，啥也没了，一年的活白干了。过年，过年另打锣鼓另开戏。书念了就是念了，不会白念的。念到肚子里的书，不怕旱，不怕涝，大风刮不去，大水冲不去，瞎不了，也没不了，不占地方，不压脚沉，走到哪儿带到哪儿，随时随地都能派上用场。

正月初四，方正对儿子说："明天，明天咱要饭去。"

正月初五一大早，华子娘早早地就起来了，起来烧火做饭。熬了点地瓜面子粥，熥了熥已经蒸熟的甜菜渣。华子娘做着饭，方正就打点行装，不忘嘱咐华子，上学该带的东西都带上。吃过早饭，方正背起一口脸盆大的铁锅，华子背起一个铺盖卷，父子俩迈出了家门。过了黄河，一路向南走去。

西边的太阳一竿子高时，远远地看到了胶济线上奔跑的列车，听到了车轮滚滚、汽笛轰鸣。一问，前边就是章丘县的枣园。枣园紧靠铁路，打听到枣园有火车站，父子俩来到枣园便停下了脚步。

在枣园城北一个场院屋里，方正卸下背上的锅碗，华子解下肩上的铺盖，父子俩坐下歇了歇。方正问了生产队长，从场院边的麦穰垛上，扯了两抱麦穰铺在地上当褥子，找来三块砖头，墙角支起了一个灶。正月里，在百里之外的枣园，父子俩过起了乞讨生活。

白日里，父子俩兵分两路上门乞讨。讨得煎饼、窝窝头、地瓜之类的熟食，就煮煮当即下饭，讨得地瓜干就攒着。一早一晚，方正生火做饭，华子膝盖当书桌，看书、温习功课、做寒假作业。

场院屋的旁边有一棵大柳树，大柳树上有个喜鹊窝，喜鹊是这里的老住户。树上，一对花喜鹊喳喳地叫着，枝头上跳过来跳过去，好奇地看着这远方的来客。

上门乞讨，有的户家给半张煎饼，有的户家给一块窝窝头，有的户家给三五片地瓜干，有的户家给块熟地瓜，有的户家给几个胡萝卜，有的户家什么也不给，"正没有干粮呢……再跑个门吧"。讨得有，讨不得无，给多给少都是情，给多给少都接着，不给，无怨也无怼，转过身子，慢慢地走。

一次，华子来到一户人家，施主拿出几片地瓜干，华子伸手去接，施主注意到了他的手：没有老茧，没有糙皮，没有皲裂。再看整个人儿，就是穿的衣裳有些破旧，看脸色，看模样，看一举一动，不像是农村种地的，也不像是城里做工的，就问他："你是个学生吧？"华子眼里立时就含了泪，不好意思地点了点头，说："是。""你等等。"华子转身要走，施主把他喊住了。施主进屋，又用簸箕端出了地瓜干，足足有一斤。华子深情地向施主道了一声谢谢。

开学的日子到了，方正掂了掂讨来的地瓜干，连同国家按月发给华子的补助粮考虑在内，觉得还不够一学期的嚼用，又用不多的钱买了一点，总算凑了一口袋。

正月十六上午，方正去了枣园街头，在济南市下乡卖白菜的汽车旁拾了几片白菜帮，中午熬了一锅有盐无油的汤，算是过元宵节。

吃过午饭，父子俩去了枣园火车站。看着儿子扛着地瓜干上了火车，方正心里是一种大事完成后的轻松。儿子上学去了，儿子三五个月的口粮总算是解决了。解决一个说一个，解决一天说一天。吃饭事大。他想到了念书的女儿。听人家说，有个学校叫"中专"，考上中专的学生国家管吃，小芳初中毕业考学时，让她考中专。

一声长笛，列车缓缓启动。华子望着站台上的父亲，禁不住泪水涟涟。站台上，寒风中，是父亲清瘦的身影。

|二| 瓜园里五爷逮鼠

又换了队长。种瓜的还是五爷。

新上任的队长是伍二湖。一天，伍二湖喊着会计，叫着五爷去了坡里，从一块地里步量出瓜地。

瓜地里，五爷坐下来吸了一袋烟。看看队长会计走远了，拿起铁锨，将瓜地向外扩出一锨把，重新培好界堆，然后拿着锨这里掘掘那里整整，一掘一整，四下里都见了新土，移动界堆的痕迹就看不出来了。

去年秋天耕地，这块地是扶耕的，地的中间有一道扶耕顶。这天上午，五爷挥锨铲土，铲平了瓜地里的扶耕顶。

抿地、墁白茬、掘埯子、施肥、下种、放风……瓜地里的活儿，去年是这些，今年还是这些。农家人种地，节令农时就是规章，就是制度，不好违背。先干啥后干啥，活儿也是一样一样地来。

合理密植渐渐地被人们接受，五爷也把种西瓜的志子改了改，但改动不大，行距还是那样，株距小了，株距比原来缩了三指。五爷说，棵与棵之间近了三指，一亩地能多种好几十棵西瓜。

蝼蛄依旧危害秧苗，只是危害差了，一年比一年差，农药管了用。 瓜地里又发现地排子的踪迹。 地排子一拱就是一大溜,挺招人恨的。 五爷咬牙切齿,发狠治治地排子,不信一个大活人治不了一只小地排子!

这天,五爷吃过晚饭,披上破棉袄,手电筒放进袄布袋,铁锨扛在肩上,撑子挂在锨把上,抬脚迈出了家门。

五奶奶后边掩门,撇嘴,笑他神经病。

迈出家门的五爷,悠悠荡荡地出了村子,在坑洼不平的土路上,深一脚浅一脚地向着瓜园走去。

月黑天,四野阒然,万籁俱寂。

瓜地里,五爷选了一个有利于观察捉拿的地方。 放下撑子,静静地坐在那儿。 隔个十分钟八分钟的,就打开手电筒,探照灯般地扫视一下,仔细地瞅着光束所及的地方,铁锨就趄在腿上,胳膊肘儿压着锨把,时刻准备着,地排子一出洞,抄起锨来就拍死它。

蒋介石不甘心失败,嚷嚷着要反攻大陆。 潜伏在大陆的蒋匪特务被我军民抓获的消息,报纸电台时有报道。 伍庄大队民兵连接上级指示,务必提高警惕,加强巡防,绝不让阶级敌人的阴谋得逞,决不让一个蒋匪特务漏网。

这天晚饭后,值班巡逻的民兵发现庄子东南方,离村子一里多地的地方,有一束光亮时隐时现,遂把情况汇报给民兵连长。 民兵连长伍小勇听完汇报,带上两个民兵来到村头实地察看,确有敌情。

敌情就是命令。

为防打草惊蛇,民兵连没有吹集合号,而是挨家敲门,集合了一班人。 作战计划:东西南北,四面包抄围合,来个瓮中捉鳖。

民兵连长带领两个人出村直奔那块地，隐藏在西边不远处的一个坟地里，仔细观察敌情，伺机而动。其他三路人马火速赶到指定地点蹲守。一切行动听指挥，不见连长这边行动，不能贸然出击。待连长这边发起进攻，其他三路人马立时出击。切断敌人的退路，四方合力，勇猛擒敌。

"小心敌人有枪。"

"出发！"

每人从连部的枪架上提了一支枪（民兵平时练武用的，像真枪一样的木头枪），夜幕中，兵分四路向着目标进发。

瓜地里，五爷静静地坐着，不时地拿起手电筒照一照，不往远里照，就照瓜地这片儿。兵临城下，浑然不觉。

坟地里，小勇屏气凝神，仔细地观察，仔细地听。发现敌人有枪，还隐隐约约听到滴滴答答拍电报的声音。

敌人一阵扫描过后，小勇轻轻拍了一下身边两个人的脊背。一、二、三，坟头后三个人一跃而起，拿出百米冲刺的速度冲了过去。

"缴枪不杀！"

"缴枪不杀！"

"缴枪不杀！"

黑夜里，旷野中，五爷被这突如其来的阵势吓蒙了。撑子歪了。人倒地了。小勇一步抢先，把枪抓了起来。敌人已经仰翻在地，正想踏上一只脚呢，一看——

这不是五爷吗？

再看，手里缴获的哪是枪，是一张铁锨。

"五爷！"

晕头转向的五爷，微微睁开一只眼睛："你们……你们这是干啥呀？"

"五爷！"

"五爷！"

"五爷！"

三个人紧忙地扶起五爷。有给五爷正衣领的，有给五爷打扑身上土的，有给五爷支撑子的。

"五爷，坐下。"

"电棒子？"

五爷一摸袄布袋，电棒子没了。

小勇低头就看见了，弯腰拾起，给了五爷。

其他三路人马也都跑了过来。

"瓜棵！瓜棵！瓜棵！别踩了瓜棵！"五爷喊。

五爷这么一喊，都不知道怎么走了。有往后退的，有继续朝前走的；有左转弯的，有右转弯的；有虚着脚慢着走的，有脚尖着地大步迈的。一帮人瓜地里乱了方寸。

"站住！站住！都给我站住！！"

五爷急了，跺着脚，挥着胳膊，拼命地喊。

一个一个都原地不动，定格在那儿。有的木橛儿似的站着；有的两脚叉地；有的一只脚踩地，一只脚半空里悬着，上演金鸡独立。

"你们看看，看看脚底下，都把瓜棵给踩了！"五爷晃动着电棒子，着急地说。

借着手电筒的光亮，都低头看脚底下。有的正踩在瓜棵上。有的刚从瓜棵上迈开脚步，再一脚踩下去又是一棵。西瓜、甜瓜、梢瓜，都才出苗，幼苗哪能经得住踩，一脚踩下去，粉身碎骨，血肉模糊。

五爷亮着手电筒，让手电筒的光亮引导着，指挥着，一个一个小心翼翼地走出了瓜地。五爷也轻着脚慢着步从瓜地里走了出来。

一帮人围上来，围着五爷。都想笑，都不好意思笑。都问："五爷，干啥了？"

"干啥了？逮地排子。"

"逮地排子？地排子在哪儿？我们去逮。"

"地排子早钻到地里去了。我正要拿锹拍呢，你们一咋呼，它倏地一下，就钻到地里去了。"

一阵紧张过去了，缓过神来的五爷看到他们手中的枪，悠悠地说："没逮着地排子，倒让你们逮了个五爷。"

一个一个都嘿嘿地笑。

"散伙，不逮了，回家。"五爷一边说，一边弯腰提撑子。

"我来。"

"我来。"

"我来。"

有帮着五爷拿撑子的，有帮着五爷扛锹的，小勇想帮着五爷打着手电筒，五爷说："电棒子还是我自己拿着吧，自己打着，脚底下有数。"

一个一个都提着枪，一班人"押解"着五爷，在坑坑洼洼的土路上，深一脚浅一脚地朝村里走去。

"咋这么快就家来了？"五奶奶问。

五爷没吭声，只咧嘴一笑。

"逮着了吗？"

"逮着了。让民兵逮着了。"

五奶奶说："不管让谁逮着，逮着就好。"

天亮了。家雀子一喳一喳的了，家家冒起了炊烟。街上响起了扁担钩子筲提系的吱哑声。清早起来，女人们家里烧火做饭，男人们拿起扁担，担起水桶去村头的井里挑水，这已成为伍庄人的一种生活秩序。男人把一担一担的井水挑进家，倒进水瓮里，备下人与牲畜一天的用水。今天与往日不同，男人们挑回家的不只是水，还有一个故事：五爷月黑天去瓜地里逮地排子，没逮着地排子，让民兵当特务给逮了。

吃过早饭，五爷早早地来到瓜园。瓜地里狼藉一片。五爷看着被糟蹋的秧苗，除了心疼，还是心疼。

五爷在踩倒的一息尚存的秧苗旁插上香一般粗细的小干棒，用线将秧苗捆在小干棒上，能救活一棵是一棵。

三　五爷嫌秋生多问

　　离瓜地不远有一队的一块棉花地。这天，一帮妇女在棉花地里给棉花打叉整枝。天热，都想去瓜园吃瓜，就招呼在棉花地里拔草的秋生，想让秋生领着一块去，更是想让秋生帮着说话，让五爷给摘大甜瓜吃。
　　"秋生，过来。"庞二嫂招呼秋生。秋生问："啥事啊？""你过来……"庞二嫂压低了的声音带着几分甜蜜。秋生来到庞二嫂近前："想我了吗？""想你了！"庞二嫂笑着说，"你这户熊样的，长得像个癞蛤蟆，谁想你？"秋生嘿嘿一笑。庞二嫂小声对他说："前天……前天队长领着一伙人耪高粱，让五爷摘的瓜，摘的大甜瓜，一人一个。"庞二嫂两眼冲秋生一眨巴："耪地的吃瓜，咱也得吃瓜。耪地是给生产队干活，你拔草喂牛，喂的是生产队的牛，也是给生产队干活，俺们拾掇棉花就更甭说了。都是给生产队干活，耪地的咋那么该吃瓜？咱们也去吃瓜，吃甜瓜，吃大甜瓜。""走，咱们都去瓜园吃甜瓜。"一个一个都凑过来，冲着秋生嚷嚷。秋生拿着个模样嘟着个嘴，笑了笑，摇了摇头，转身走了。"哼，"秋生心里说，"撮着死鬼上树啊！我才不受你们耍弄呢！领着你们呼呼啦啦地一块去瓜园吃甜瓜？没门，也就是吃个丫梢瓜。"秋生笑称她们是"丫梢瓜"级别。

秋生心里明白，五爷听队长的，不听他秋生的。谁当队长五爷听谁的。二海当队长时，五爷听二海的。二海不当队长了，二湖当队长了，五爷又听二湖的。

秋生不去，她们就点划他，就剜作他，就骂他。骂也不去，就是不去。一条蛇从脚下爬过，秋生揪住蛇的尾巴，像拔一棵蔓草似的将蛇从地上扯了起来，伸展着胳膊，抖动着蛇，跑到娘儿们跟前放生。娘儿们炸了窝般，又跳又骂。"秋生，你这个熊玩意！后晌长虫钻你媳妇的被窝。"秋生说："一个一个的吱吱啥？穷吱吱！想吃瓜就去瓜园，想吃甜瓜，就让五爷给摘甜瓜。看着哪个大，闻着哪个香，觉着哪个好吃，就让五爷摘哪个。"

去瓜园，秋生喜欢"天马行空，独往独来"。要去，瞅准机会自个儿去。自个儿去，五爷能给摘甜瓜，弱不过是摘黄瓤的棱子梢瓜。黄瓤的棱子梢瓜，虽说是梢瓜，吃起来却是跟甜瓜差不多。黄瓤的棱子梢瓜个头也大，一个就有三斤。

秋生，个头小，长得有点猥琐，但不痴不傻。心里不瘸，人也勤快。帮街坊干活从不耍滑。秋生心灵手巧，盘炕、垒灶、勒风箱，样样在行。他盘的土炕，冬天烀炕，烟筒里的烟出得顺，屋子里不烟不呛；他垒的锅灶，烧饭快，用柴少，比老式锅灶准打准地能省三分之一的柴，人人叫好，全村推广；他勒的风箱，风大，好使，拉着轻快。五爷家的土炕是他盘的，五爷家烧火做饭的锅灶是他垒的。风箱没风了，五爷就搬出破篓子，从篓子里掏出过年杀公鸡留着的鸡毛，喊来秋生勒风箱。

一天的下午，秋生在地里拔草，远远地看见大道上一溜三个人。三个人走着走着就拐进了通向瓜园的小道。仔细一看，一个是大队书记伍在春，一个是大队长伍二庆，一个是民兵连长伍小勇。三个人大摇大摆地进了瓜园，猫着腰钻进了瓜棚。不大霎五爷就提着篮子从瓜棚里出来了。

五爷进了瓜地，摘了一个大西瓜。

秋生放下手中的草，褂子上搓了搓手，自对自地说："不拔了。歇歇再拔。咱也去吃西瓜。"

只上了两年小学的秋生，不知道有欧几里得几何学，但生活实践让他知道，两点之间的连线以直线最短。他没有走到大道上，再从大道上折向去瓜园的小道，而是冲着瓜棚从地里斜着，爱惜着庄稼，直打直地走了过去。

秋生来到瓜园，没事儿似的瓜棚前一站，五爷向瓜棚里一指，说："馋人腿长，你来得正好，瓜棚里吃西瓜。"秋生向瓜棚里一看，西瓜已经切开，三个人一人拿起一角刚刚开吃。

小小的瓜棚，三个人已挤得满满当当，不好再往里挤。秋生向前一步拿起一角西瓜，向后退一步，瓜棚门口蹲下就吃，大口大口地吃。他觉着这西瓜他能吃得着：瓜园是一队的瓜园，他是一队的社员，他家又是响当当的贫农。

吃的是个种西瓜，西瓜皮上划着"十"字呢。好大的一个西瓜，得二十斤。五爷特别嘱咐，要把种子放到南瓜叶上。地上放着一个用秫秸梃钉的盖簟，在盖簟上切的西瓜。盖簟一旁放了一个大的南瓜叶。

四个人守着一盖簟西瓜。吃一角摸一角，自吃自摸。半个西瓜吃光了，大队书记又切开了另半个。秋生看看这个看看那个，想摸起盖簟上最后一角西瓜，却是有些不好意思。大队书记说："甭看，最后一角就是你的。"

民兵连长伍小勇将西瓜皮往地上一丢，抹了一下嘴巴，低头钻出瓜棚，和秋生擦身的当儿，照着秋生的脖梗撸了一把。

"秋生，你小子来得晚，吃得不少。"

秋生怒斥道：

"胡闹！没大没小，秋生是你叫的吗？还小子！我是你老子，叫叔叔。"

小勇不自然地笑了笑。

萝卜不大长在辈（背）上呢！秋生让小勇叫叔叔，小勇没的说。两个人都姓伍，往上数，伍庄的伍姓人是一个老祖宗。按年龄，小勇比秋生大；论辈分，小勇比秋生小。秋生和小勇的爹是一辈。

"谁吃得多？"秋生吃完最后一角西瓜，将西瓜皮往地上一丢，说小勇。"你吃得多。"小勇指着秋生啃的西瓜皮说，"数着你吃得多。不信就数数。"

四个人，四张嘴巴，四个样。有的嘴巴大，有的嘴巴小；有的门牙大，有的门牙小；有的牙缝宽，有的牙缝窄。吃西瓜，有西瓜皮上剩的瓤多的，有西瓜皮上剩的瓤少的。四个人啃的西瓜皮，清清楚楚四个样。秋生暗自数了数地上的西瓜皮，还就是数着他吃得多。

干啥都有门道，干啥都有技巧。就说吃西瓜吧，吃西瓜吐瓜子，事儿不大，门道不小，技巧高着呢。它要求牙、舌头、腮帮子、嘴唇、嘴角乃至咽喉等各个部件要有机地结合起来。各负其责，又要联合行动，难度之大，小孩子一年半载掌握不了。小孩子吃西瓜，小嘴分离不出瓜子，瓜子大，又不好下咽，大人得先把瓜子剔去。这一剔，要挤掉不少瓜汁，养分有失，口感也差了不少。 没办法，小孩子吃西瓜只能这样。

吃西瓜吐瓜子的技巧，别说小孩子掌握不了，就是大人也不是个个都能掌握好的。 吃西瓜，有的人笨嘴拙舌，吃了一辈子西瓜，也没把准技巧在哪里。 鼓着个腮帮子，瓜瓤在嘴里倒过来倒过去，愣是半天吐不出一个子。 无奈之下，手嘴并用。 切开的西瓜角上，露着的瓜子就用手指头拨拉掉，露不着的瓜子就让它进嘴里去，慢慢地去分离，实在分离不出来，就硬硬地咽下去。 吃西瓜，有的人堪称一绝，拿起一角西瓜，往嘴上一放，吹口琴那般，从左边滑到右边，再从右边滑到左边，只一个来回就完事。 嗖嗖嗖，一个嘴角进料，嗒嗒嗒，一个嘴角出子，瓜瓤和瓜汁自是经咽喉由食道进了胃。 联合收割机吃西瓜，也不过如此。

吃西瓜，小勇属"笨嘴拙舌"，秋生属"堪称一绝"。

秋生嘿嘿一笑：

"俺就吃了这么一回。"

"俺也是吃了这么一回。"小勇说。

"让我碰上了这么一回……"

"再吃西瓜叫着你。"

"好孩子。"

"熊玩意！"

小勇伸胳膊又想撸秋生的脖梗，秋生一个猴步闪开了。

大队书记笑了，大队长笑了，五爷也笑了。 大队长说小勇："哼，让秋生给套弄了吧。 别看他长的不怎么样，像个生了锈的棠梨子，他脑袋瓜来得挺快。"五爷说："人不可貌相，海水不可斗量。"秋生龇着牙，耸了一下肩膀，又耸了一下。

大队书记、大队长和民兵连长，三个人吐着酒气，打着饱嗝，慢悠悠地走了。秋生还有些恋恋不舍，一个人留了下来。

　　瓜园的小道上，秋生歪着脖子，背剪双手，来回走着，这里瞧瞧，那里看看，他看见了瓜地里的神龛，看见神龛前的灰烬残香，指着神龛问五爷：

"瓜园里供飨的都是些啥神呢？"

"啥神也供飨。"

五爷嫌他多问，催他快去拔草。

四　小玲嘴一撇哭了

　　生产队分瓜的顺序变了，不再按各家各户的房屋住宅的坐落位置一家一家地分。就说伍庄第一生产队吧，顺序不再是伍二法、孙长林……伍二海、伍二湖……刘一仁、方正，或方正、刘一仁……伍二湖、伍二海……孙长林、伍二法；也不再用抽棍棒的办法决定按哪个顺序分，正分还是倒分。老办法分瓜，在往筐里拾瓜时，在过秤时，就知道这筐瓜是分给谁家的，在瓜的好孬上，在秤头的高低、斤两的多少上容易作弊，容易厚此薄彼，社员有意见。老办法不行，慢慢地就有了新办法。生产队里开会，队长发话了：今后分瓜，摸牌牌。

　　用剪子将纸褙褙铰成一些小牌牌。一户一牌。生产队里有多少户家，就准备多少个小牌牌。小牌牌上写着户主名字和这个户家的人口数。小牌牌的大小、厚薄一样，手摸小牌牌摸不出是谁家谁家，就如手摸扑克牌，摸不出红桃、黑桃、梅花还是方块。

　　小牌牌在布兜里放着。分瓜时，会计从布兜里摸小牌牌，随机摸出一张看一下，先不报户主的名字。要是按人分呢，就先报出这家的人口数，每人多少斤，这家多少人，两个数一乘，这家分多少瓜立时就算出来了。拾瓜的就从大堆上往筐里拾瓜，给这家称好了，会计才说出这是谁家的瓜，从这家堆瓜上拿起一个瓜，用棍棒写上户主的名字和所分瓜的斤数，将这个瓜放在瓜堆顶上，让名字朝上，以便认领。 要是按工分分呢，先报出这家应分瓜的斤数（斤数是会计事先算出来的，在小本子上记着呢），拾瓜的就从大堆上往筐里拾瓜，给这一家称好后，会计才说出这是谁家的瓜，从这家瓜堆上拿起一个瓜，用棍棒写上户主的名字和所分瓜的斤数，将这个瓜放在瓜堆顶上，让名字朝上，以便认领。 摸一个牌牌分一家的瓜，一个一个地摸，一家一家地分。

生产队开会，队长左手拿着一个破书包，向社员抖了抖，右手伸进书包里摸，一边做着摸牌牌的表演，一边说："兜里的牌牌是看不见的。 暗兜里摸牌牌，就跟摸阄一样，摸着狗是狗，摸着猫是猫。"

饲养处里一阵哄笑。

"笑啥笑？ 就是嘛，牌牌在书包里，不知道哪个哪个，伸手就摸，摸着谁就是谁。"

队长说，用这个办法分瓜，谁家的瓜堆和谁家的瓜堆挨着，就不一定了，一次一变样。 用这个办法分瓜，过完了秤才知道是谁家的瓜，事先是不知道的，也就不会这个偏那个向的了。 社员们听着，琢磨着，有的微微点头，觉得这个办法比前边的办法好。

这天上午，一队瓜园卸瓜。 上午卸瓜，下午分瓜。 这次分瓜按工分。 方正知道自家工分少，分不多，响午吃着饭吩咐小玲："下午放了学，推着小车，拿上一条口袋，去瓜园领瓜。"小玲说，多了推不动。 爹说，推不动就去接她。

生产队里分瓜，恣了孩子们。 放了学，到家放下书包，挎起篮子，拎着口袋，推起车子，一个一个，连蹦带跳地向着瓜园奔去。有的拿着干粮，边走边吃。

孩子们来到瓜园，坡里干活的大人还没收工。分瓜的还没分完，还一家一家地分着。孩子们在已经分好的瓜堆上找自己家长的名字，找到的就将篮子、口袋、车子往瓜堆旁一放，等着大人散工后收瓜。在已经分好的瓜堆上，小玲没找到爹的名字，就等着。

小玲站在会计的后边看分瓜，样子很专注。她看着会计从书包里摸出一张小牌牌，看一眼，再看一眼账本，报出要称瓜的斤数。看着拾瓜的——这次管着拾瓜的是保管员和两个妇女——从大堆上拾瓜，将瓜放进筐里。看着两个妇女将盛着瓜的筐架到磅秤上。称好一筐，会计就拨拉一下算盘子，记下斤数，两个妇女就抬起筐将瓜倒在一边。一筐一筐地称，一家一家地分，给一家称好了，会计就报出这是谁家的瓜，从这家的瓜堆上拿起一个瓜，用棍棒写上户主的名字和瓜的斤数，将这个瓜放在瓜堆顶上，让名字朝上。

小虎家分到了，小刚家分到了。又分了一堆，好大一堆瓜，是谁家的呢？小玲这么想着，会计报出了这家家长的名字。桂花蹦了一个高。桂花凑了过去，小玲也凑了过去。好大的一堆瓜。两个人看着会计从瓜堆上摸起一个瓜，用棍棒写上桂花爹的名字和瓜的斤数，将这个瓜放到了瓜堆上。

桂花把带来的家什放到了瓜堆旁。

桂花说小玲："你推来一个小车子，拿来一条破口袋，瓜多装不下，你也推不动。"

小玲说："俺爹来接俺。"

小玲讪讪地走了。又去看分瓜。

瓜堆上的瓜一个一个被拾进筐里，瓜堆一筐一筐地变小，没分的瓜已经不多了。小玲看上了一个瓜，一个又大又好的脆甜瓜，拾瓜的再拾就能把它拾进筐里。她看看会计手里的书包，书包已像空的一样。快了，小玲想，快分到她家了。会计又把手伸进书包里，说不定接下来分的就是她家的。

会计翻看了一下账本子，回过头来对小玲说："小玲，别等了，这次你家分不着。上次分超了，下次分瓜还得扣呢。"

生产队里用钱花，西瓜、甜瓜的集上卖了两大车；瓜园里这个来那个去的，耗费比往年大；又加瓜的后期长势不好，瓜园里的瓜，已经见底。前边按人分多了，为确保"人七劳三"，上一次按人分的瓜，连同这一次卸的瓜合起来，再一块按工分分。各家扣下上一次分的，才是这一次分的。方正家工分少，分得少，光上一次分的就超了，这一次分不着不说，下一次分瓜还得扣呢。

听会计这么一说，小玲嘴一撇哭了。哭着，抹着眼泪，跟跟跄跄地走到小车旁，推起小车就走。

"别走……小玲，别走！"五爷跑过去，从小玲车上拿起口袋，对小玲说："孩子，别哭，别走，等着我。"

众目睽睽下，五爷迈着大步进了瓜地，摘了两个大西瓜，又摘了几个大甜瓜，还是大步迈着，背着口袋走出瓜地，将口袋放在小玲的车子上。

"这可也是生产队里的瓜！"

一个声音怪怪的。

"这……这话是你说的吗！？你大哥供着两个孩子念书，这么困难，你不但不帮他，还看他的热闹！"

五爷脖子歪着，眼瞪着，照着方盛好一阵数落。

方盛，生产队保管员，和方正是叔伯兄弟。

"管它是生产队里的还是个人的，我就想给她两个瓜！"五爷说着，来到方盛跟前，又从瓜堆上给小玲拿了两个大甜瓜，正巧拿着小玲喜欢的那个大甜瓜。

小玲见五爷把自己看上的那个又大又好的脆甜瓜拿了来，一抿鼻涕笑了。

二法从自家瓜堆上拿起两个大甜瓜朝小玲这边走来，将甜瓜放在小玲跟前，让小玲拿着。小玲有些不好意思。五爷说："拿着，拿着。都拿着。"

五爷帮小玲将西瓜、甜瓜装好，将车子整好，架起车子试了试，让小玲推着瓜回家。

因了这次分瓜，华子兄妹俩念书的事和方家的日子，成了人们谈论的热门话题。或是家里吃着饭，或是街头巷尾纳着凉，或是坡里干着活儿，或是田埂上坐着歇息，人们不拉别的了，都拉方家。

说到华子和小芳兄妹俩的学习成绩，都说好。说到方家的日子，都说穷。伍庄最穷的户就是方正家，这么穷的户，伍庄再也找不出第二家。

"唉，日子这么穷，还让华子在外边念书……念书能当了啥？"

"华子、小芳，两个好劳力，都念书，不干活……"

"……"

都说方正犯糊涂。

晚饭时分，前街月嫂拿着一个窝窝头，窝窝头里塞上了半窝子辣椒，大门口吃着，和人小声说着方家的日子，那样子很是为方家着急。

"方家……方家这日子啥时候能混好？ 咱都替他愁得慌。 小鸡吃下探头粮，口粮一年一年的接不上。 家里又断顿了。"

前天，华子娘刚从月嫂家借了三十斤地瓜干。

月嫂吃的窝窝头已经是纯地瓜面的了，一点糠菜都不掺。 用来磨面子的地瓜干都是好地瓜干，白净、片儿大。 孬地瓜干，边边儿皮皮子，月嫂家已经不吃了。 用好地瓜干磨的面子，搁上小苏打蒸的窝窝头，白生生暄腾腾，看着就好吃。

月嫂吃的辣椒和先前的也不一样了，不再是拿菜刀将辣椒和葱段在菜板子上嘎嗒嘎嗒，收进碗里，放上盐，舀上点儿水，拿筷子拌合拌合就吃，而是辣椒碗里滴上花生油，放锅里蒸蒸再吃。 滴上花生油蒸的辣椒，闻着香，吃着更香。

大门口，月嫂嘘哈嘘哈地吃着，吃得额头鼻尖都是汗。

五　老世交肺腑之言

天阴，小雨。

刘一仁来到方正家，方正正在厂棚里摊晾洋槐叶。刘一仁厂棚里一站，方正直起腰，停下手中的活儿。刘一仁说："闲玩，没事，你只管忙就行。"方正紧忙地把箔上的洋槐叶摊了摊，匀了匀，翻了翻，又将一捆茅草解开，摊在地上晾着。一阵忙活之后，领着一仁去了北屋。

椅子上坐下，一仁从兜里拿出一个小纸包放在桌子上，说："福建的亲戚给邮了半斤茶叶来。给老大哥一壶尝尝。"一仁打开纸包，一股茉莉花茶的芳香扑鼻而来。他又托起纸包让方正闻了闻，看了看，方正说："好茶。"

方正吩咐华子娘烧水，他洗茶壶，洗茶碗。

火屋里，三块砖头支起了一个灶。阴天柴火潮湿，烟火熏呛中，华子娘好不容易将一壶水烧开。方正从华子娘手中接过燎壶，泡上茶。抻了一霎，倒出一茶碗，又倒进茶壶里，回了回碗。又抻了一霎，提起茶壶，先给刘一仁满上，然后给自己满上。

方正端起茶碗轻轻地抿了一口，说："挺杀口。好茶。"刘一仁也端起茶碗轻轻地抿了一口,说:"还行。"

两个人喝着茶,并没有谈茶论茶。对茶的好孬,两个人都说不出个道道来,都是闻着香,喝着杀口就是好茶。

"喝茶"与"闲拉"是配套的。光一碗一碗地喝茶不说话,那是喝闷茶。一个人能喝闷茶,两个人不好喝闷茶。

喝下一碗茶,刘一仁就把话扯了起来。

"洋槐叶多少钱一斤?"

"五分钱一斤。"

"几斤晒一斤。"

"四斤,甚至五斤晒一斤。"

"茅草多少钱一斤?"

"好的一毛钱一斤,次一点的八分钱一斤。"

"几斤晒一斤?"

"茅草不用晒很干,晒个八分干就行。茅草含水少,可能用不了三斤,二斤半就能晒一斤。"

方正将洋槐叶卖给供销社,听人家说,供销社收洋槐叶卖给城市里的工厂,工厂从洋槐叶里提炼绿色颜料,染布,做军装。方正将茅草卖给油坊,油坊榨油用茅草包糁。也将茅草卖给包子铺,卖小笼蒸包的用茅草编蒸垫。洋槐叶得赶季节,过了季节供销社就不收。茅草的销路不广,销量也不大。

"前日,前日玉皇庙集,去了供销社采购站,卖了五十五斤洋槐叶,赚了两块七毛五分钱。接着就去了邮局,给华子邮上了两块,邮钱两毛,还剩五毛五分钱。去了供销社,称了两斤盐,花了两毛六分钱;买了五盒火柴,花了一毛钱;还剩一毛九分钱。到了包子铺给娘买了三个包子,花了一毛五。又返回供销社,花了二分钱给小玲买了两块花糖。孩子长这么大了，这是头一次给她买糖。赶集回来，兜里还有两分钱，给了华子他娘。"

方正说着，心里恣格儿悠的。供孩子念书，总算找到了一个来钱的门路。

"晌午头在鬼坟挦洋槐叶割茅草，遇见过鬼吗？"

"鬼？哪有鬼。没见鬼在哪里。"押了一霎，方正又说："心里有鬼就有鬼，心里没有鬼就没有鬼。老人的俗话，远怕水，近怕鬼。近处的知道那里有个鬼坟，远处的不知道。远处的来到鬼坟，看到的是一个土堆子，是一个坟头。坡里的坟头还不多的是嘛。"

"你一个人晌午头敢去鬼坟，让我我不敢。有一回我去八大户走亲戚，回来得晚了，路过鬼坟时，四下里看看一个人也没有，吓得起了一身鸡皮疙瘩。大气不敢喘，紧忙地往家走。道上走着，老是听着后边欻啦欻啦地响，就觉着有鬼跟着，又不敢回头看，怕回头让鬼一口咬着嗓子，那可就没命了。"

方正听着就想笑。

"要是大树后头猛地闪出一个人，能把你吓死。"

刘一仁嘿嘿一笑。

"吓不死，也吓个半死。"

"你是让刘叔遇到的那事吓破了胆。"

方正说的"刘叔"，就是刘一仁的父亲。刘一仁的父亲当年在鬼坟秋耕地，大睁白眼的让"鬼"硬生生地从犁耙上把一头大黄牛卸下来牵走了。

"那是解放前，兵荒马乱。敢说，牵牛的不是'鬼'，是土匪。刘叔一个人在那坡里干活，被土匪盯上了。土匪扮鬼，牵了他的牛。现在是新社会，社会这么安定，有啥可怕的？再说，人被逼到时候，啥也不怕。不怕冷、不怕热、不怕鬼、不怕邪。"

两个人说的"鬼坟"，在伍庄东北方向，相去五里地。

早年黄河决口，水流沙壅，黄水流到那里，沉下好多泥沙。那坡里，沙丘一个又一个，春风一刮，黄土漫天。渐渐地，沙丘上长了茅草，长了树。一年一年，茅草成片，灌木成丛，荆棘遍丘，灌木丛下有了狐狸窝。

后来，那坡地里又添了一座坟，一座与众坟不同的坟。坟里埋着的是一个上吊死的大姑娘。姑娘生前模样俊秀，死后面目狰狞，舌头伸出嘴外老长老长，像个鬼，挺吓人的，人们称其为"吊死鬼"。埋着吊死鬼的坟，人们称它为鬼坟。

从那，人们管那坡地叫"鬼坟"。

为防吊死鬼出来伤人吓人，人们在坟的周围揳了一些柳木橛子，意在把鬼禁锢在地下。柳木橛子生根发芽，长成了树。树一年一年长大，却是无人敢砍伐。大树遮天蔽日，越发给鬼坟增添了几分阴森可怕。

沙丘、坟丘，丘连着丘。鬼坟成了狐狸的乐园。夜晚，站在村头远远望去，会看到那儿忽地就冒出一个火球，在大地上轻飘飘地行走，人们管那叫"鬼火"。

一提"鬼坟"，伍庄人都毛骨悚然。小孩子不敢去。大人一个人能不去就不去，能绕道就绕道。实在绕不过，只身一人，行色匆匆，不敢稍停。

鬼坟的沙丘上长着好多洋槐树，一片一片丛生的小树，伍庄人管它叫乱树棵子。夏日的中午，午休时间长，方正吃过午饭，戴上席帽，拿着口袋，就去鬼坟的沙丘上捋洋槐叶。要是正在那坡里干活呢，吃过早饭下地时就带着中午一顿的干粮，带上一瓶子水，晌午饭就不回家吃了，坡里啃个窝窝头喝点水就捋洋槐叶。或是散工后不回家，先捋得洋槐叶再回家吃饭。 茅草长起来，他也去鬼坟的沙丘上割茅草。 去鬼坟捋洋槐叶、割茅草，还带着一个小布兜，见树枝上、茅草上、庄稼棵上、草丛里，这里那里的有哨蝉牛皮就拾着，攒多了卖给药材收购站。

方正说："去鬼坟捋洋槐叶，还真有一怕……"

"怕啥？"刘一仁问。

"怕棘针。 棘针扎手。"

刘一仁笑了。

方正笑了。

"你看——"

方正将两只手伸给刘一仁看。

方正的手背上密密麻麻地布满了针眼，跟医院里扎针输液留下的针眼一样，一个针眼一个血点点，有的针眼摞着针眼。 两只手肿得胖胖的，比玉皇庙火烧铺里的发面火烧还胖。

洋槐又叫刺槐，枝条上长满了棘刺。 捋洋槐叶，棘刺扎手。 方正挽起口袋头，将口袋放在地上，两只手交替着，一只手小心地拢着洋槐树枝条，一只手小心着捋洋槐叶。 小心着捋，还是让棘刺扎得满手是针眼。

"大哥……话不该我说……"刘一仁欲言又止，端起茶碗，喝下一口茶，还是把话说了出来，"日子累在两个孩子念书上呢！"

方正低下了头，闷了半天没说话。 他慢慢地抬起头，摸起茶壶给刘一仁满茶。 刘一仁以手扶茶碗，直来直去地说：

"大哥，为孩子念书，作这么大的难，着实有些不值得。 念书，念书有啥用？ 就是有用，猴年马月？ 远水不解近渴。"

刘一仁觉着方正犯糊涂。 老世交，两家关系不错，他想帮帮他。 帮不了钱，帮不了物，帮句话也好。 古人云，帮话如帮钱。

"放着华子这么大的小伙子，不让他干活，让他念书！ 念书不光不挣钱，还花钱，一反一正，这日子差好大事呢！ 三岁看小，七岁看老。 我看华子这孩子行，要是在家历练历练，庄稼地里是把好手。 干个小队长是一点问题也没有，还得说能把个小队搞得挺好挺好的。 干个大队长、干个大队书记也蛮能行。"

刘一仁喝下一口茶，将茶碗桌子上一墩——

"让华子念书不说，还让小芳念书。 闺女，闺女长大出了嫁不就是一门亲戚吗？ 花钱让闺女念书不划算！"

方正双手捧着脸，自上而下地搓了一把。

"你说……你说，咋能不让孩子念书呢？ 两个孩子又不逃学，又不让大人费心，老师和同学都说两个人念书挺好。 庄里曾经是也办夜校也办识字班，曾经是大力扫除文盲，现在再不让孩子念书，不又成文盲了吗？"

方正像是问天，像是问地，像是问刘一仁，更像是问他自己。 他觉得不让孩子念书才是犯糊涂呢。

"书不能说不念，念个三年两年的，大道边子上的字能认得几个就行。 能认得票子，赶集上店能算个小账，让人糊弄不了就行；出门能知道哪里哪里，迷糊不了就行。 你看看人家伍二法，别说闺女，儿子念书念了两年就不让他念了，让他干活。 早干活早得济。 人家爷们儿嫌家里那个地栏小，又从砖窑上买来新砖，砌了一个大地栏，能盛七八方粪。 一方粪五六十分，一地栏粪四五百分。 从土湾里推土，地栏崖上晒上两天，就填到栏里，再撒上点草根子土，灶膛灰，挑上水，沤沤，黑乎乎的就是粪。 三四个月就一栏。 一个地栏一年攒上三栏粪，就能跟上一个人挣工分。 你算算，去掉春冬两闲，去掉阴雨打搅，去掉七事八节，一个人一年满打满算也就是干七八个月的活。 一天七分，一个月二百分，一年一千五百分。"

"种地不上粪不行，种地不上粪等于瞎胡混，可这样的粪，上到地里也管不了多大事。 一车子生土，推进来推出去，耽误了工夫，劳累了人。 弄得好地变碱了，围庄子全成了土湾。"

"管这那呢，挣了工分就行，分了东西就行。 你看看人家二法那日子，那才叫日子呢！ 是说穿啊还是说吃，都没的比。 人家大人孩子穿的衣裳，不管是单衣裳还是棉衣裳，浑身上下不见补丁。 光地瓜面的干粮人家不吃，弱不过是三合面的，豆面、棒子面三停儿各占一停儿。 大节小节凡是节日都要改善生活，不是蒸馍馍就是包包子，要么烙油饼。 隔个一集五天就擀一回条子①。 隔个半月二十天准吃一回肉。 小锅子不吱喇不吃饭。"

庄户人家，大锅里做饭，小锅里炒菜。 小锅，一般户家不大用。 除非年来节到，来个亲戚朋友或是有个什么事，才动用小锅炒菜，平常素日都是咸菜辣椒酱，吃点蔬菜多是在大锅里熥，借着做饭熥菜。 萝卜、茄子、梅豆、白菜什么的，切成条，切成丝，放在大锅的箅子上熥。 箅子上再放一个小碗，碗里是葱花油盐，和菜一起熥，熥熟后把菜收进盆子里，倒上碗里的葱花油盐一拌合就吃饭。 省了工夫，省了烧柴，少费油盐。 要么大锅里炒汤，丝瓜汤、西葫芦汤、冬瓜汤、白菜汤；或大锅里炖菜，炖茄子、炖豆

---
① 指面条。

角。 大锅里炒汤、炖菜时,锅帮上贴饼子或箅子上馏干粮,饭菜一锅熟。

小锅子吱喇,就是葱花油盐炝锅,就是炒菜。 小锅子不吱喇不吃饭,这样的户家自是让人羡慕。

"大哥,一家人吃饭的不少,干活的不多,东西哪儿来? 没有干活的,就没有下地的,不下地连把柴草也拾不着,更别说寻摸点东西了。 现在是,大胆的撑死,小胆的饿死。 麦子、花生、地瓜、玉米、高粱、豆子、棉花……都在地里长着呢,仓里的东西社员摸不着,下地干活寻摸点地里的东西还是能行的。 今日寻摸一点,明日寻摸一点,后日寻摸一点,积少成多,多了就管事。 都这样呢,谁说谁呀。 胆大的多寻摸,胆小的少寻摸,没胆的不寻摸。 人家伍二法自留地里没种花生,生产队里又不分花生,秋后能推着半口袋花生去油坊换油。 你说,你说他这花生是从哪儿来的? 还不是这里拾点那里拾点,这里寻摸点那里寻摸点? 大老爷们干这事不大行,娘儿们孩子干这事行。 可得吃油啊,不吃点油不行,不吃油身上水肿。 机关工作人员每月供应半斤油,年来节到还增加供应,社员哪儿来油? 生产队里又不分油,也不分花生,一个油珠子哪儿来? 那就八仙过海各显神通,各想各的办法。"

方正说:"年时,在零星地里种的蓖麻,收了十二斤半蓖麻子,换了五斤花生油。 五斤花生油,一家人过了一个八月十五,吃了一冬,过了一个年,还又吃到麦秋里。"

刘一仁不好意思地笑了笑,说:"人家伍二法刷锅水里的油珠子,比咱汤锅里的油珠子都多。"

"大哥,"刘一仁喝下一碗茶,将茶碗重重地往桌子上一放,

"生产队这大锅饭，你是大勺子小勺子，啥勺子也摸不着。人家给你碗里盛多少，你吃多少。"

刘一仁说着说着就笑了起来。

方正也笑了，搓了一把脸，说："生产队分多少就吃多少。吃多吃少的，吃好吃歹的，饿不死就行。人家混一天，咱也混一天。一天也没让人家拉下。"

"你倒挺知足。"

"不知足啥法？"

"这人，混好了，有了，不光吃得好，穿得好，住得好，还显着能。"刘一仁抻了一霎说，"五爷赶集买羊，找人帮着掌掌眼色，你猜五爷找谁？"

"找谁？没找你吗？"

"找我？五爷哪能找我呢！咱混得不行。人家五爷找伍二法。哼，伍二法啥眼色？"

方正说："华子念初中时，有这么一学期，开学上了一星期的课了，他家来不去了。问他为啥不去上学，他不说话。啥话也不说，就是不去上学。整天在家待着，闷闷不乐地待着，家里待够了闷够了，就提着篮子去坡里剜菜，或是推着车子去坡里拔草。在家里这么待了一星期。一天老师来了，来动员他上学，大人这才知道，他是因为拿不上学费不去上学。"

"学费多少钱？"

"三块，一学期三块钱。"

"这孩子着实知趣。老师开会催学费，他没交学费，就觉得不好，家里又没钱交学费，就家里待着，不去上学。来动员他上学的老师说，没钱交学费，可以申请减免，学还是得上的。那老师姓袁，中等个头，四方脸，浓眉大眼。老师说，华子念书挺好，在班里还是班长呢。那天老师讲了好多好多道理。老师说，孩子是自己的，也是国家的，孩子念书，是自家的事，也是国家的事，国家要建设，要发展，要强大，需要有知识懂科学的人，这个不念书，那个不念书，有知识懂科学的人从哪里来？国家怎么建设，怎么发展，怎么强大？老师说，念书能使人明白事理，念书能使人站得高看得远。老师说，念书的和不念书的，看问题不一样，处事不一样，眼光不一样。"

方正说到"眼光"，刘一仁的眼登时就亮了起来。

"还真是呢，还真是呢！念书的和不念书的，眼光就是不一样！那次拾地瓜我就看出来了，华子的眼光就是和别人的眼光不一样。"

刘一仁说的"那次拾地瓜"，是一次雨后拾地瓜。雨停了，天晴了，人们去生产队收刨后的地瓜地里拾落下的地瓜。一个一个提着篮子拿着布袋，争先恐后。

"那次拾地瓜，大人孩子数着华子拾得多。他一个人拾的比两个人、比三个人拾的都多。你说，他那眼光咋那么厉害呢？像是能探地三尺。"

方正捋了捋下巴，舒心地笑了笑。

"这事我听华子说过，里边有道道呢。想听我拉拉吗？"

"想听你拉拉。不光想听你拉拉，回家还要跟孩子们说说呢。"

方正情不自禁，伸手摸茶壶。

"我来。"

刘一仁将方正的手挡了过去，把茶壶提了起来。

方正喝下一口茶，慢悠悠地说：

"下了雨，拾地瓜最好拾。"

"是啊，"刘一仁说，"这是明摆着的事，大人孩子都知道。落在地里被土埋得浅的地瓜，让雨一淋一洇，就露了出来，有的整块地瓜露了出来，有的一半露着一半还在土里，有的一块大地瓜只露出铜钱大的一点点。地里埋着的地瓜露出来了，看见了，就好拾了。"

"好拾，还得会拾。"

"还得会拾？"

"对呀。华子说，有的人拾地瓜，低着头，慢慢地走，光看眼前，光看近处，拾地瓜就少。拾地瓜，要看近处，不看近处不行，脚底下有块大地瓜，让大地瓜绊了脚还以为是块半头砖呢。可光看近处不往远处看也不行。光看近处，看的地面子小，看的地面子小，拾地瓜就少。要想拾地瓜多，就得看的地面子大。要想看的地面子大，就得往远处看。往远处看，还得会看……"

看的地面子小，拾地瓜就少；看的地面子大，拾地瓜才多；近处看，看的地面子就小，往远处看，看的地面子就大。这些道理刘一仁是知道的，或是一说就知道。往远处看还得会看，这事儿却让刘一仁一头雾水。

"咋的？往远处看还得会看？"

"对呀，往远处看还得会看，事就在这里呢！华子说，拾地瓜不要四下里乱看，要背着太阳看，也就是顺着太阳的光线看过去。上午拾地瓜往西看，下午拾地瓜往东看，晌午拾地瓜往北看。"

"上午拾地瓜往西看，下午拾地瓜往东看，晌午拾地瓜往北看。拾地瓜往哪看，还分时辰吗？"

"对呀。 说起来这里边有科学呢。 听华子说，月亮是不发光的，太阳发光，太阳的光照到月亮上再反射过来，人就看见月亮了。 同样的道理，地瓜是不发光的，太阳的光照到地瓜上再反射过来，拾地瓜的就看见地瓜了。 拾地瓜不能迎着太阳看，迎着太阳看耀眼，不容易看见地瓜，要背着太阳，也就是顺着太阳的光线看。 就说那电棒子吧，顺着电棒子的光看就能看见前边的东西，迎着电棒子的光看，就耀眼，明晃晃啥也看不见。 华子说，他拾地瓜，不快不慢地走，也近看也远看，顺着太阳的光线，歪着脖子一排子看过去，一看老远，一看一大片，看见地瓜就大步过去拾起来。 近旁的人还没看见地瓜在哪儿呢，他已经抢先一步拾了起来。"

一壶茶喝透了，哨蝉子叫了，雨停了。 燕子从屋里飞了出去，站在天井的晒条上梳理羽毛。 太阳从云缝里钻了出来，射出耀眼的光。 夏日天长，太阳还在西天上高高地挂着呢。 刘一仁如获至宝，起身就走。 他一出北屋门脖子就歪了，天井里歪着脖子往东看。

"你看，削脚刀子都淋得生锈了。"

"削脚刀子，削脚刀子在哪儿？"方正问。

刘一仁轻轻一指："那，在东墙根呢。"

方正昨天洗脚，找削脚刀子，这里那里地找，找了半天也没找着，这下找着了。 上次洗脚，泼洗脚水连削脚刀子都泼在了东墙根。

六　烈日下方正游街

这天下午两点，人们都在家歇晌的当儿，方正顶着烈日，背着半口袋洋槐叶，大汗小流地从鬼坟那边走来。来到村头路口，见大队书记、民兵连长、治安主任等几个大队领导在树底下坐着，便礼节性地问了一句：

"你们几个不睡晌觉，大晌午头坐在这里有事？"

"等你。"

领导们站了起来，扑拉着屁股上的土，朝着方正走过来。

方正停下了脚步。

"口袋里是啥？"

"洋槐叶。"

方正把肩上的口袋放在地上。

"在哪儿捋的？"

"在鬼坟上。"

"公家的树能随便捋吗？"

"洋槐叶……又不是庄稼。"

"不是庄稼也不能随便捋。伍庄大队的社员要是都和你这样去鬼坟捋洋槐叶，洋槐树还长不长？"

方正无以言对。

"走。"

领导前边走着，方正背起口袋后面跟着，去了大队办公室。

民兵连长伍小勇手一指，让方正把口袋放在墙角。

"还没吃饭吧？"大队书记伍在春面向着方正，手轻轻向外一摆，"回家吃饭去吧。"

方正走出大队办公室没几步，又踅了回来。三个人，六个眼珠子都跟随着方正的走动而转动。方正不快不慢地去了墙角，解开口袋绳，从洋槐叶里掏出一个小布兜。小布兜鼓鼓的，却是很轻很轻，猪尿脬一样的轻。

"啥？"

三个人都好奇地问。

方正没吭声。

民兵连长伸手要抓，方正胳膊猛地一闪，布兜气球般地甩向背后。三个人越发好奇了。

"啥？"

小布兜的口用一根纳鞋底的麻线束着。方正慢慢地将布兜口松开。三个人都探着身子看过来。方正不忘提醒一句：

"别抓，别捏。一抓一捏就碎。"

三个人探头一看，都不以为然地笑了。

"当是啥好东西呢，哨蝉牛皮呀！"

三个人都笑他：

"一个大老爷们，戳哨蝉牛皮！"

在伍庄，戳哨蝉牛皮是女孩子干的活。晌午头，工余时间，女孩子拿着细长的竹竿，仰着脖子从树的枝条上戳哨蝉牛皮。将哨蝉牛皮卖给药材收购站，攒钱买花布，做花褂子。

在三个人的嬉笑声中，方正拿着哨蝉牛皮，默默地走了。

进家，华子娘问："洋槐叶呢？"

"让大队几个人查着了，扣下了，在大队办公室里呢。"

华子娘一看男人的心情不大好，就不再问了。从天井的丝瓜架上铰了一根丝瓜，做了一碗丝瓜鸡蛋汤。方正吃着丝瓜鸡蛋汤泡干粮，家的温暖让他的心情立时就好了许多。

晚上开社员大会。大队领导把半口袋洋槐叶带到了会场，放在了会议桌上。会上点了方正的名。大队书记指着半口袋洋槐叶说，方正去鬼坟捋洋槐叶，破坏了生产队的树，捋洋槐叶卖钱，损公肥私……问题严重，大家都不要跟他学。

第二天的中午，人们都在家吃午饭的时候，大队办公室门前那棵大杨树上的两个腚对着腚的大喇叭，刮风似的呼呼地响了一阵子。社员们知道，大队领导要讲话，都支起耳朵听。接下来，喇叭里传出了民兵连长的声音：

"方正，方正，赶紧来大队办公室，赶紧来大队办公室。"

方正听到广播，没吃饭就去了大队办公室。办公室里，方正用满是针眼的手，把自己捋的半口袋洋槐叶用绳子捆好，自己将口袋挂在了自己的脖子上。

"锣，锣在哪儿？"

民兵连长伍小勇指了指另一个墙角，说："锣在那儿。"方正弯腰，左手拎起锣，右手拾起锣槌。耸了耸肩膀，正了正胸前的口袋。

"哎——"

方正刚要迈出大队办公室的门槛，大队书记把他喊住了。大队书记向他伸出两个手指头：

"两圈，两圈。"

大队规定，游街的要围着庄子转三圈。一圈敲八遍锣，咋呼八遍。先敲锣后咋呼。前面庄子三遍，后面庄子三遍，庄子两头各一遍。大队书记让方正转两圈，少转一圈。方正心中好一阵子感激。出办公室门，出得有点急，打了一个前趋，好歹没跌倒。办公室门前，稳了稳身子，静了静心思，挥手就敲上了，张口就喊上了。

喤——，喤——，喤——，"我去鬼坟挦洋槐叶，破坏了生产队的树，大家都不要跟我学。"

锣声喤喤，喊声震天，惊得大杨树上一群乘凉的麻雀，腾腾地飞了起来。

天上没有一丝儿云彩，太阳火辣辣地当头挂着。哨蝉子树枝上卧着，撅着屁股，敲开响器，吱吱地叫个不停。狗狗阴凉处趴着，伸着舌头哈嗒哈嗒地喘着粗气。梅豆架下的鸡，地上倒着，爪子刨翅膀扬，辗转反侧，抖动着身子，洗着沙土浴。一条大花蛇从墙窟里钻出来，越过街心大道，溜进了一处闲园子。

街上人不多。大地像一盘烙饼的鏊子，人们能不出来就不出来。猪圈在闲园子或是在大街上的，得出来喂猪，提着猪食桶穿街过道。水缸里没水的，得拾起扁担去水井挑水。前街大柳树下，一个戗剪子磨菜刀的低头忙着生意，近前围着几个人，有的手里拿着剪子，有的手里握着菜刀。

喤——，喤——，喤——，"我去鬼坟挦洋槐叶，破坏了生产队的树，大家都不要跟我学。"

正是家家吃午饭的时候。有的在屋里吃，敞着屋门吊着门帘。 有的在天井的树底下吃，一张饭桌围坐一家人。 有的在角门里吃，角门里有一丝过堂风的清凉。

大街上，方正低着头，一步一步慢慢地走，汗水从额头往下流，流到眼里，流到腮上，流进嘴里，流进脖子里。 不时地抬起拿着锣槌的右手擦一下眼。 身上补丁摞补丁的粗布褂子，溻了大半截。

噹——，噹——，噹——，"我去鬼坟捋洋槐叶，破坏了生产队的树，大家都不要跟我学。"

锣声，咋呼声，回荡在伍庄上空。

有的人看见了。 有的人听见了。 看见的，看见方正在游街，脖子里吊着半口袋洋槐叶，自己敲着锣，自己咋呼着。 听见的，听见方正在游街，脖子里吊着半口袋洋槐叶，自己敲着锣，自己咋呼着。 这天的中午，伍庄的男男女女老老少少，都知道方正在游街，大街上，方正脖子里吊着半口袋洋槐叶，自己敲着锣，自己咋呼着。

噹——，噹——，噹——，"我去鬼坟捋洋槐叶，破坏了生产队的树，大家都不要跟我学。"

伍庄大队游过街的人不止一个，有的因了这事游街，有的因了那事游街，最震撼人心的是方正游街。

有的人唏嘘不已：

"唉，不是为孩子念书，哪能这个样……华子啊，华子，外边念书，可知道你爹在家里游街？"

有的人训斥孩子：

"还念书，还念书！ 华子不是念书，家里日子不会这么穷，他爹也不会大响午头去鬼坟上捋洋槐叶，也不会大响午头敲着锣游街！"

大街上，已是一把年纪的方正，胸前吊着半口袋洋槐叶，手里敲着锣，围着庄子转。从一家一家的大门前走过，从一处一处的宅子旁走过，从一条一条胡同头走过。他低着头，一步一步地走。

他来到自家的大门前，歪头向家看了一眼，还好，大门紧关着。他怕的是老娘角门里坐着，看到儿子这般模样，受不了这个打击。华子娘不敢出门看，那锣槌像是敲在她的心上那样难受。

两圈，两圈，领导规定了圈数，没有规定时间，他想快点走，恨不得一步从庄子这头迈到庄子那头。恨不得一分钟就围着庄子转两圈。他不能，他走不快，他走不动，他脖子上挂着半口袋洋槐叶，腿像灌了铅一样的沉。

他口渴。

"哎，哎！咋哑闷了？方正，方正……声音高一点，声音高一点。"喇叭里传来民兵连长的声音。

"大成，停一停。我喝口水。"

大成放下担子。他抱起水桶就喝。咕咚，咕咚，咕咚，一气将桶里的水喝下二指深。

喤——，喤——，喤——，"我去鬼坟捋洋槐叶，破坏了生产队的树，大家都不要跟我学。"

刚喝下水的方正，步子迈得大了，锣敲得响了，嗓门高了。锣声，咋呼声，回荡在伍庄的上空，久久不息。

游完街，方正回到大队办公室，将锣和锣槌轻轻地放在墙角，从脖子上解下套绳，把半口袋洋槐叶又放在了墙角。转身默默地走。刚走出办公室，大队书记又把他喊住了，让他把洋槐叶背家

134

去。 他说:"不要了。 有羊的拿家去喂了羊吧。"

方正带着一身的疲惫和一脸的沮丧回到了家。 华子娘再也拿不出好的办法,再也想不出合适的话语来安慰自己的男人。

两个人落难似的坐着。

方老太不知道儿子游街的事,她听不到大街上噌噌的锣声,听不到大街上儿子一遍一遍的咋呼声。 她知道儿子出去了,没吃饭就出去了。 出去好大一阵子没家来。 儿子家来了,她看着儿子不欢喜,就凑过来,又是心疼,又是着急,又是不解地问:"啥事? 大晌午头不吃饭就出去?"

方正没回答娘的问话。 华子娘也没回答婆婆的问话。 方正向娘轻轻地摆了摆手。 老太太也就不再多问。

"家来就好。 家来就好。"

老太太喃喃自语,拄着拐棍,慢慢地去了一旁坐下。

华子娘也没吃饭。 她给婆婆盛上饭端到桌子上,给小玲盛上饭,让两个人吃,她没吃,她吃不下,她等着孩子他爹游街回来。

"快吃饭,不管啥事,不能不吃饭。 先吃饱了饭再说。"娘催儿子和儿媳妇快点吃饭,"天塌不下来。 天塌下来有地接着。"

夜里电闪雷鸣,下了一场雨,一场好大的雨。

七　半夜里方正惊梦

两个月了,方正吃不下饭,睡不好觉,夜里常常做噩梦。梦里游街,脖子里吊着半口袋洋槐叶,自己敲着锣,自己咋呼着。先是胳膊手的一阵舞动,接下来就是含糊不清地咋呼:"我去鬼坟捋洋槐叶,破坏了生产队的树,大家都不要跟我学。"拳头打在华子娘身上,咋呼声惊醒了华子娘。华子娘用力推他,摇他。他醒了。醒来就哭,孩子般呜呜地哭。哭一阵后还是哭,唠唠叨叨地哭:"生活困难,缺吃少穿,没抠过生产队的一块地瓜,没拔过生产队的一墩花生,没掰过生产队的一个棒槌子,没掐过生产队的一个谷穗子,没剜过生产队的一穗高粱,为了孩子上学,捋生产队的洋槐叶游了街……"泪水和着口水,落在胭枕①上,湿了一片。

一半是华子娘的安慰,一半是自我开导,自己做自己的思想工作,方正的心情,一天一天慢慢地好了起来。能吃下饭了,能睡着觉了,走道也能挺起腰板了。

捋洋槐叶卖给供销社,也是支援国家建设。洋槐叶是用来提炼绿颜色的,绿颜色是用来做军装的,这个不捋洋槐叶,那个不捋洋槐叶,都不捋洋槐叶,供销社采购站就收不到洋槐叶,没有洋槐

---

① 山东方言,即枕头。

叶，咋提炼绿颜色，咋制作绿军装？

捋洋槐叶卖钱供孩子念书，不光是为自己，也是为国家。 老师不是说嘛，孩子是自己的，也是国家的，孩子念书，是自家的事，也是国家的事，国家要建设，要发展，要强大，需要有知识懂科学的人，这个不念书，那个不念书，有知识懂科学的人从哪里来？ 国家怎么建设，怎么发展，怎么强大？

方正这么想，想着想着就笑了，心里就轻松亮堂了。

锣声、咋呼声渐行渐远，一天一天，游街的事在方正的脑海里渐渐地淡去。 他又去鬼坟了，不捋洋槐叶了，割茅草。

好在游街这事华子不知道，小芳不知道，小玲还小不懂事，对孩子不会造成什么伤害。 这么一想，方正心中就更轻松更亮堂了。

这天，方正收到华子的一封来信。 他拿着信去找孙长林，让孙长林念给他听。

孙长林念信，拆开信封拿出信瓤，先看一遍再念。 看一遍，不认识的字、拿不准的地方，琢磨琢磨；不明白的地方，结合前后文顺通顺通。 看一遍再念，心中就有数了，念起来就顺妥了。

华子在信中写道：

　　家里穷，为了供我念书，爹在生产队里干半天活，晌午头不休息就去鬼坟捋洋槐叶，儿没齿不忘，不忘爹娘的养育之恩。 听说大队领导不让捋洋槐叶了，还罚爹游了街，围着庄子游街，让爹脖子上挂着半口袋洋槐叶，自己敲着锣，自己咋呼着游街。 游街让爹丢了人，儿心里非常难过，寝食难安。

长林不明白"没齿不忘"是啥意思，琢磨了半天，心想，反正就是不忘吧，一辈子不忘，到老不忘。长林不认识"寝食难安"中的"寝"字，也就不知道这句话的意思，他细细地一想，方正游街，华子心里一定难过，一定是睡不好觉，吃不下饭，就把"寝食难安"理解成睡不好觉，吃不下饭。别说，两个地方他都琢磨对了。

"念念。"方正有些急不可待。

华子的信，经孙长林的口就成了：

家里穷，为了供我念书，爹在生产队里干半天活，晌午头不休息就去鬼坟捋洋槐叶，儿到老不忘，不忘爹娘的养育之恩。听说大队领导不让捋洋槐叶了，还罚爹游了街，围着庄子游街，让爹脖子上挂着半口袋洋槐叶，自己敲着锣，自己吆呼着游街。游街让爹丢了人，儿心里非常难过，睡不好觉，吃不下饭。

长林念，方正听，听着听着，眼里就含了泪，听着听着，心情就沉重起来，心中一个疑团在膨大。

回到家，华子娘问：

"华子来信为啥事？"

"为游街的事。游街的事华子知道了。"

"他是咋知道的？"

"不知道。"

他是咋知道的呢？两个人对视而坐，百思不得其解。

儿子睡不好觉吃不下饭，爹娘心里挺像个事儿似的，怕影响孩子的身体，怕影响孩子的心情，怕影响孩子的学习。 方正还有一怕，怕儿子退学不念了，一早一晚背着铺盖家来，真要是那样，可咋办呀！ 不念书的事，他可是说过两遍了。

"儿啊，可别……可别不念了啊！"

方正睡梦中惊醒，一个鲤鱼挺身从炕上跃起，趿拉着鞋去开门。 开开门，左看右看，没有人。

清早起来，他就去找孙长林，给儿子写了回信。

华子：

爹游街的事，别心里老像个事儿似的，忘了吧，把它忘了吧，别想它了。 我都忘了，不想它了。 静下心来，好好地念书，好好地学习。 你上学念书不丢人，我游街也不丢人。 你念书不光为自己，也是为国家。 我将洋槐叶供你念书，不光为自己，也是为国家。 再说，咱把洋槐叶卖给了国家，这也是支援国家建设，从洋槐叶里提炼绿颜色做军装。 捋洋槐叶丢啥人？ 不丢人。 捋洋槐叶不丢人，游街就不丢人。 咱不偷不摸，又没做啥丢人的事，让游街也不丢人。 咱游街，街坊们没有笑话的。 洋槐树是生产队的，人家大队领导管着那个事，担负着那份责任，不能不管。 咱捋了生产队的洋槐叶，让游游街，事就挡过去了。 不光咱游街，为这事为那事的，伍庄游过街的人多了，别人游街都是围着庄子转三圈，让咱转了两圈，少转了一圈，这就照顾了。 不让捋洋槐叶了，不让捋就不捋。 还让割茅草，咱就割茅草，割茅草也能卖钱。 虽说茅草也是生产队的地里长的，那是野草。

都是百年不分的老街坊，不看这个看那个，不看这事看那事，不看今日看明日。 凡事要往长里看。 人家还救济过麦子，不错，那麦子是国家给的，可大队领导不说给，咱也捞不着。 不是救济那点麦子，过年就吃不上包子。

要好好地念书，要长志气。 有志气的孩子越是困难越往前。 要好好地念书，千万不能打退堂鼓，千万千万不能退学！ 要坚持住。

家里一切都挺好。 你奶奶挺好，你娘挺好，你妹妹挺好，我也挺好，都挺好。 不用挂念，好好念书就行。 静下心来好好地念书，好好地学习。

家里一切都好，放心就是。

父亲
十月九日

游街的事，华子是怎么知道的？ 方正一直蒙在鼓里，直到华子放假回家，才弄了个明白。 秋后市里开地、县、公社、大队四级干部会，华子去看望伍庄大队参加大会的人。 伍庄大队参加大会的是大队长伍二庆，伍二庆把事透给了华子。

方正捋洋槐叶，这事要不要管？ 伍庄大队的领导想法不一。 大队长伍二庆不同意管，他认为：方正供着两个孩子念书，家庭确实困难，捋点洋槐叶卖几个钱，也是没有办法的事，大队领导还是睁一只眼闭一只眼，不管为好，权当帮帮他，华子念好了书，对伍庄、对街坊都有好处，不能心生忌妒。 再说，鬼坟那些洋槐树也不是那成材的树，树也不是生产队栽的，沙土冈子上野生野长的一些小树棵子，捋就捋吧，那啥的，叫人家捋人家也不捋，洋槐树有棘针，扎手，捋洋槐叶也卖不了几个钱，不是逼得没办法，谁去受那个苦，谁去受那个累，谁去挨那个扎、遭那个罪？民兵连长几个人不同意方正捋洋槐叶，得管管。他们认为：地是生产队的，沙土冈子也是生产队的，沙土冈子上的小树棵子尽管不是生产队种的，长在生产队的地里，就是生产队的，生产队的洋槐叶不能随便捋，生产队的一草一木任何人都不能侵占，捋洋槐叶卖钱，是损公肥私。争执来争执去，争执了半天，伍二庆也没能把事给挡下。

伍二庆觉着，不让方正捋洋槐叶已是无情无义，再让方正游街，着实有些不该。他不想背这个黑锅。去市里开会，华子去看他，他就把事一五一十地透给了华子。

方正回想了一下，那天晌午头守在路口查他的，没有伍二庆；晚上开社员大会，大会主席台上坐着的没有伍二庆；办公室里盯着他游街的，也没有伍二庆。他对儿子说："要记住人家的好。"

八　秋八月闷子看坡

这天吃过晚饭，刷了锅，洗了碗，闷子娘和闷子，娘儿俩屋里坐着，默默地坐着。晚饭后陪娘坐坐，这于闷子已成习惯。

"人家华子也定亲了。闺女是任家村的，刘一仁的媒人。人家媒人撑①啊。队里和你一般大的男孩子，没定亲的就剩你一个人了。腊八和你同岁，生日比你小好多，人家结了婚都有孩子了。"

闷子娘心事重重。

今年春天，闷子姑给闷子提了一个媒，提的是她邻家的女孩，姑娘叫小美。

闷子去姑姑家认识了小美，小美也认识了闷子，两小无猜。两个孩子都大了，都到了谈情说爱、男大当婚、女大当嫁的时候，闷子姑动了心，给侄子提小美。两个人同岁，闷子生日大点，小美生日小点，前后相差半年，闷子姑觉着两个人不说天生一对儿，可也挺般配的。俗话说，媒人是杆秤，既要称称这边，也要称称那边。闷子姑认真仔细地想了想，掂了掂，称了称：娘家就是穷点，别的也没有啥不好的地方，小美要是找了闷子，进门就当家，

---

① 山东方言。意为"行，厉害"。

也挺好。 于是就鼓了鼓勇气，给侄子提媒。 闷子和闷子娘都同意，女家不同意。 媒事没成。 女家找了一个托辞，很和气很委婉地把媒事给推了。 闷子姑背地里听人家说，小美娘就是嫌她娘家穷。 小美娘说："孤儿寡母的，啥时候能混好？"闷子娘却认为媒人不撑。

闷子祖上穷，爹到了三十岁才成的家，娶了一个双腿残疾的媳妇。 闷子七岁那年爹得了个急病死了。 孤儿寡母相依为命混日子，亏了舅舅的帮扶，母子俩才渡过了难关，闷子才长大成人。

日子依旧是穷。

"唉，人家都能纺点线织点布，咱家里找朵棉花都难。 生产队又不分棉花，自留地里又不种棉花，家家也纺线也织布，那绒子从哪里来？ 天上下雨下雪不下棉花，大风又刮不来，还不是地里寻摸的吗？ 今日寻摸一把，明日寻摸一把，积少成多，纺线织布。 咱要是有点棉花，有点绒子，我也能用搓布机，也能纺线。 虽说蹬不了机，织不了布，和你那些婶子大娘的替换着干可还行。 我给人家纺线，让人家捎带着给咱织点布。 那样也能给你做身新衣裳，也不会这么邋遢。 人靠衣装马靠鞍，货卖一张皮……"

闷子娘说着说着两眼就闭上了，吓了闷子一大跳。 娘却是炕头上佛一般地坐着，喃喃自语：

"瓜园里种瓜的，敞开肚子吃瓜，是没人说的，西瓜、甜瓜、梢瓜，想吃啥瓜吃啥瓜，想吃哪个摘哪个，家里南瓜豆角也是不缺的，吃南瓜吃豆角是能顶饭的，省了口粮。 菜园里种菜的，家里这菜那菜的不缺，人家大人孩子吃茄子都吃够了，说茄子种子像虱子，嚼在嘴里咯吱咯吱地响，膈应得慌。 饲养员家里不缺烧的，牲口不吃的草渣子就烧不了，不用这坡里那坡里搂柴火，更不用去山沟沟的炭井上推炭；草渣子这是明着的，还有暗着的——给牲口吃的豆饼秕谷人吃也行。看场的大堆的粮食守着，难说手脚就那么干净。靠山的砍柴，靠水的打鱼，干啥的有啥便利。"

闷子娘双腿残疾，不能下地劳动，只能拄着拐棍去场院里干点零杂活儿。麦秋里去场院里挑麦秸里的麦穗头子，大秋里去场院里捎谷穗、刮高粱穗、扒棒槌子、摘花生蔓子上没拍打下来的花生。捎谷穗、刮高粱穗，还得有人帮她把锄头拿到场院里。闷子娘下不了地，拾不了棉花。

她听人家说，拾棉花，有的人大兜里头有小兜，明兜里头有暗兜。给生产队里拾棉花，过了秤，大兜里的棉花倒进仓里了，小兜里、暗兜里的棉花还在兜里呢。将兜一裹弄一团弄，就把棉花带家去了。拾棉花这活儿，大都是女人干。她恨自己不能。

闷子小板床上坐着，闷着头，不说一句话。

人如其名，闷子不爱说话，从小就不爱说话，成天闷着。他刚来到这个世间时，曾是好长时间闷着，不哭也不动。以为是个死胎，收生婆抓着他的两个小脚丫，轻轻地拍了拍他的后背，呱呱地哭出了声。后来，娘就给他起名叫"闷子"。

闷子二十一岁了。他知道，娘为他找媳妇犯愁，愁得吃不下饭，睡不好觉。腊八结婚开证明信时托人造了假，虚上了岁数。闷子恨不得托人造假，把自己的岁数变小，小上五岁,小上十岁,小上二十岁! 那样他就不用慌着找媳妇，娘就不会犯愁了。但是不能，儿的岁数瞒不过娘。

饲养处的铃声响了，当，当，当……节拍匀称舒缓，听得出，是队长伍爱龙在敲铃。

娘对闷子说："这又快过秋了。你还年轻，当场长看守场院这活儿你干不了，黑夜去看坡守庄稼是能行的。你爱龙叔的队长，他这人心善，好说话。七月十二他家你那个奶奶生日，早着点做个铺排，买上二斤挂面送过去。过了他娘生日，你就找他要个看坡守庄稼的活。看坡守庄稼，睡在坡里，跟兔子做伴，地瓜、花生、棉花的，近前守着，想点事还不容易吗？想点事就比挣几个工分强。"

闷子给娘拿下便盆，掩好门，去了饲养处，记工，开会，听从队长分配明天的活儿。

串乡卖挂面的来了。闷子买了二斤半挂面。论把卖的挂面，六把一斤，买了十五把。十二把送给伍爱龙叔，给他家那个奶奶做生日，三把留下来给娘吃。

"不是让你买二斤吗？二斤就行，你买了二斤半。多买了半斤。"

"多买了半斤是给娘吃的。"

"买二斤就行。咱那事办了就行。娘不吃，娘喝黏粥就行。"

"能给人家买挂面吃，不给娘买挂面吃，我心里不好受。多花点钱，让娘也吃上挂面，我心里高兴。"

闷子不忘舅舅的教诲：百善孝为先。

闷子娘看着桌子上的三把白白的、细细的挂面，既高兴又心疼。高兴的是儿子的一片孝心，心疼的是钱，多花了钱。看着看着，眼里就含了泪。

生产队的棉花流失，一年比一年严重。南坡那块棉花地离刘家村很近，成了刘家村一些人的"自留地"。七月十五见新花，八月十五迎喷花。地里的棉花见开头了，队长正考虑安排人去看守呢。队长问闷子:"黑夜在坡里睡觉害怕不害怕?"闷子摇头,说:"不害怕。""不害怕就行。"闷子小伙子壮实,家里又没有媳妇恋着,晚上在哪儿睡觉都一样,队长就把夜里南坡里看棉花的事交给了闷子。

闷子在棉花地里搭了一个马架子窝棚。窝棚里铺了一层草苫子,草苫子上面又铺了一层厚厚的麦穰。麦穰隔潮,暄和又暖和。闷子在窝棚边的草苫子底下放了一根棍子,一根枣木棍子。棍子一米来长,比擀面杖粗些。棍子是闷子打枣用的。闷子家的大门外有棵枣树。枣子熟了闷子就打枣。闷子打枣不爬到树上,也不用长的竹竿,他就站在地上,瞅准枝头,用棍子抡。呜——,一棍子抡上去,枝头晃动,落叶纷纷,枣子噼里啪啦地落到地上。见过闷子打枣的人都说,闷子身上使不完的劲儿。

吃过晚饭,闷子刷了锅洗了碗,早早地给娘拿下便盆,关好大门,一床露着套子的破被子叠成长条状搭在肩上,大步流星地向着南坡的棉花地走去。

窝棚前,闷子把肩上的被子往窝棚里一扔,去窝棚后头撒泡尿,这就提着枣木棍子,拿着手电筒,围着棉花地转一圈。

头一天夜里,闷子没睡好觉。第二天夜里,闷子也没睡好觉。他害怕。怕鬼,怕狐狸,怕长虫,怕黄鼬,怕刺猬,也怕老鼠。在家里睡觉,老鼠啃瓮盖啃得咔咔地响,他不怕,在坡里睡觉就怕了,怕老鼠啃他的鼻子,怕老鼠咬他的耳朵。蝼蛄在枕边吱吱地叫,吵得他睡不着觉,越睡不着觉越害怕。

第三天,吃过晚饭,闷子刷了锅洗了碗,对娘说,坡里睡觉怪害怕的,不想看坡了。娘说,怕啥?哪有鬼!狐狸、长虫、黄鼬、刺猬、老鼠都怕人,啥都怕人,人不惹它,它不惹人。娘这么一说,闷子就不吱声了。娘又一想,闷子还是个孩子呀! 想到这里,娘就哭了,低着头暗自掉泪,泪珠子扑簌扑簌地往下落。

"娘,你哭啥?"

"儿啊,别怪娘心狠,坡还是得看的。好不容易领了这么一个好活,咋能不干呢! 儿啊,啥也别怨,都怨你爹走得早。你爹早早地走了,人生路上少了给你开道轧辙、给你遮挡风雨的人。唉,娘又是残疾人……儿啊,路得自己走,道得自己闯。"

闷子重重地向娘点头,在心里自己对自己说:"听娘的话,不能让娘着急,不能让娘挂心。"

闷子给娘拿下便盆,肩起被子,关好大门,又向南坡走去。

闷子坡里睡了一宿,又睡了一宿,胆子就大了,就不害怕了,啥也不怕了。"逮着!""逮着!"黑夜里,看坡人的咋呼声此起彼伏。有的是地里真的招了贼,有的是打瞎声,放空炮。这坡那坡,看坡人的咋呼声也给闷子壮了胆。

坡里,闷子能睡着觉了。

"大哥,俺迷路了,行行好借个宿吧?"抬头一看,一个大闺女站在窝棚门口,"行。你在这儿睡,我回家睡。""不用。两个人将就着睡一宿就行。"大闺女说着就脱鞋,就宽衣解带,溜进了被窝。闷子好一阵子激动。醒来,不见有人,方知做了一个梦。

这天夜里,闷子一觉醒来,隐隐约约听着地里唰啦唰啦地响,仔细听了听,棉花地里就是有动静。他一骨碌爬了起来,穿上鞋,钻出窝棚,拿起枣木棍子,慢慢地朝着地的南头走去。地里有人。他蹲下身子仔细一看,地里有三个人。三个人都弯着腰,紧忙地往兜子里捋棉花。他屏住气,轻着脚步,一步一步走近。三个人光顾着捋棉花,看坡的走近了才发觉,撒腿就跑。"我叫你跑！"呜——，闷子手中的枣木棍子，一下子就抡了过去。眼看着抡到一个人的腿上了，却是没打中，让她跑了。三个都是女的，年轻的，不是大闺女就是小媳妇。"逮着！""逮着！""跑不了你！""看你往哪儿跑！"闷子大声喊着，快步撵着。俗话说，好狗撵不上怕狗。闷子一个小伙子，撵了一阵子，却是没撵上，一个也没撵上。三个女人拼命地跑。

虽说没把偷棉花的逮着，闷子第一场棉花保卫战打得可说挺响挺响的。"我叫你跑！""逮着！""逮着！""跑不了你！""看你往哪儿跑！"如滚滚炸雷，响在刘家村的夜空。

刘家村的人嚷嚷开了：伍庄一队急了，今年安上人看坡，安上了一个不管不顾的愣小子，有棍子，有枪头子，还有鸟枪！别说让他用鸟枪打着，就是让他用枪头子攮着，用棍子抡着也没有轻。都觉得这块地的棉花是不能偷了，真要让他逮着，那可没有轻治。都觉得伍庄一队玩厉害的情有可原：年年种地，年年不得收，怨人家吗？

闷子姑的婆家就是刘家村的。小美管闷子姑叫花婶子。

这天，小美和花婶子一块下地干活，来到伍庄一队的棉花地头上，花婶子指着一地白花花的棉花对小美说："棉花开得这么白呀，黑夜来偷他的棉花。"小美皱眉，说："人家有看坡的。那看坡的好厉害呢！""你咋知道那看坡的好厉害？"小美嘻嘻地笑着说："那天黑夜，后半夜，有霜姐姐，还有岭嫂子，俺三个人来偷棉花，差点儿让人家逮着。岭嫂子跑得慢，那人一棍子抡过来，正抡着她的脚后跟。要是再慢半步就抡到腿上了，还不把腿给抡断！跑到家岭嫂子的脚后跟就肿起来了。拐拉拐拉的，有五六天了，没能下地干活。好歹没伤着骨头。""是吗？"花婶子"惊"

得一乍一乍的,"我说这几天没见她呢。"

其实,这事闷子姑第二天就知道了。

闷子姑赶紧来到娘家,对闷子说,看坡是看坡,不能玩野的。有偷棉花的,咋呼咋呼,撵跑了就行,最啥不过夺下棉花,不能拿棍子打。拿棍子打,会打的打一顿,不会打的打一棍,一棍子就能把人给打死。也不能拿棍子抡,一棍子抡过去,说不定抡到哪里,要是抡到头上,说抡死就抡死。别说把人抡死,就是抡个腿断胳膊折,人倒在棉花地里不能动了,也不是个小事。那可真要吃不了兜着走,咱小门小户的顶不起呀!

闷子点头。

自打姑姑说了之后,闷子棉花地里转悠,不再提着枣木棍子。

花婶子一边走一边说小美,别结伙去,要去就一个人去。小美摇头。"那……俺可不敢。一个人,半宿大夜的真要让他逮着……"花婶子扑哧一声笑了,说:"让他逮着……让他逮着他能咋?"看小美,小美羞臊得满脸通红。花婶子说:"别半宿大夜地去,一塌黑你就去。下地干活的都回家了你就去。这时候看坡的还不一定来呢,一个兜子就捋满了。万一让他逮着也别怕,把事说给我,我给你说情去。人多了这个情不好说,你一个人咋也行。"小美不知道看坡的是谁,知道棉花是花婶子娘家生产队的,真要是被人家逮着,花婶子蛮能把事处理好。

几天来,伍庄大队第一生产队的社员忙着收刨花生,没来得及拾棉花,南坡里的棉花开得雪白雪白的。

棉花对大姑娘小媳妇的诱惑力是相当大的。给她一头牛她不稀罕,给她一包棉花能怂得挠脚丫。大姑娘出嫁,要纺线要织布要做被子要做褥子,没有棉花不行。姑娘们出嫁都攀比,谁谁谁

149

婆家给了多少绒子，谁谁谁娘家嫁妆是几铺几盖。今年出嫁，明年添娃。小媳妇还要盘算着给孩子做褯子、做沙土裤、做小半褥子、做小棉裤、做小棉袄、做棉囤子，想想哪一样也离不开棉花。

在白花花的棉花的诱惑下，小美决定一试。

下地的都已回家。天渐渐地黑了下来。小美拿着兜子一个人悄悄地出了村，向着伍庄一队的棉花地走去。棉花地里，她左右开弓，两手不停地摔，很快就摔满了兜子。腰里系着满满一兜子棉花，正想走呢，被一只大手从后边抓住了，老鹰抓小鸡那般死死地抓住了。小美吓得屁滚尿流，一下子瘫坐在地上，裤子湿了一大片。她正想磕头求饶呢，一看，这不是闷子吗？他正想出手夺兜子呢，一看，这不是小美吗？

"闷……闷子哥……"小美声音低低的。

闷子二话没说，拉起小美，手一挥，让她快走。

小美本想说句感谢的话，怕闷子看到她尿了裤子，就溜溜地走了。美人儿很快就消失在夜幕中。

闷子木偶一样站在那儿，一动不动，痴痴地回想着刚刚发生的一幕。

他盼着小美再来。

第二天，还是那个点儿，小美又来了。

闷子来到棉花地里，小美还没摔满兜子。这次小美换了一个大兜子，塞实了能盛下十斤棉花。小美见了闷子也不跑。闷子见了小美也不撵，还帮她拾棉花。闷子一朵一朵地拾，光拾大开头，拾得慢。小美教他摔，左手摔一个，右手摔一个，左右开弓，两手一齐摔。大开头拾，小开头摔，裂开嘴的老桃子也摔。小美说，摔比拾快多了，摔家去再慢慢地择，没开的老桃子，一晒就开。

兜子就系在小美的腰上，就挂在小美的肚子前。小美边摔边往兜子里塞。闷子摔了棉花倒手给小美，让小美将棉花塞进兜子。小美教他直接将棉花塞进兜子，别再倒手了，倒手慢。闷子摔了棉花就直接往兜子里塞，摔一把塞一把。她塞他也塞，手就碰着手。小美摔棉花弯着腰，闷子塞棉花的手从小美隆起丰满的胸前蹭进去蹭出来，小美就任他蹭。兜子满了，还都一个劲地摔，一个劲地塞。两个人的手压着手，将兜子摁了又摁，塞了又塞，塞了结结实实，满满一大兜。小美直起腰，两眼深情地看着闷子。闷子小声说；"走吧，不早了，月亮快出来了。"

夜蒙蒙，星晶晶，微风习习。田间小道上，小美背着一大兜子棉花，心花怒放。她快步走着，回头看看，回头看看，夜幕中，很快就不见了闷子的身影。

夜蒙蒙，星晶晶，微风习习。棉花地里，闷子一连打了两个旁练①，心中是从未有过的怂。他站在那儿，使劲地望着，使劲地望着，夜幕中，很快就不见了小美的背影。

他盼着小美再来。

吃过晚饭，闷子踏着昨天的点儿来到棉花地里，窝棚里放下被子，径直去了那个地方。只见棉花一朵一朵，一片一片，开得雪白，不见小美来。蹲下身子四下里看，看不见小美的身影。侧着耳朵仔细听，也没听见动静。他没精打采地去了窝棚，一屁股坐在窝棚门口，闭上眼睛，想昨天晚上帮小美摔棉花，往小美的兜子里塞棉花的事儿，想得如醉如痴，神魂颠倒。小美来了，在他身

---

① 一种健身活动。

边坐下了,他却浑然不觉。 小美嘿嘿地笑着,照着他的额头戳了一指头,问他:

"想啥?"

小美从棉花兜子里掏出一个小花手帕,手帕鼓鼓的。 闷子闻着就知道了,手帕里包着的是馒头。 她给他带来了馒头,热乎乎暄腾腾的两个大白馒头。 闷子想吃。 她却一挺身子一举手,把馒头吊了起来,吊在窝棚门口一根伸着的木棍上。 她摁了一下他的额头,嘴贴着他的耳朵说:"还有……还有比这更好的呢!"闷子以为兜子里还有包子、点心什么的,就等她拿出来。

"傻瓜,还闷着!"

她说着,左腿一抖,右腿一抖,抖掉了鞋子,转过身子,溜进了窝棚。 接着就宽衣解带,脱下裤子,敞开衣襟,拉过被子躺下了。 躺在那儿,胸脯起伏,激情四射地等着……

小美对闷子说:"从这起,俺就是你的人了。"

九　孤儿寡母花做媒

秋去冬来。坡里没活了，场院里没活了。农家人又到了冬春两闲的时候。

其实，冬春两闲，闲着的是男人，女人闲不着，女人们反倒更忙了。做饭，刷锅洗碗，喂鸡饲狗，看孩子，更是忙着纺线织布，忙一家人的铺盖，忙一家人的穿戴。

往年闲着没事的闷子娘，今年也忙了起来，一直冷清的小院子又有了生机与快活，闷子爹去世后从未有过的快活。

一天，闷子娘屋里撕棉花。两只手的拇指和食指对捏着一嘟噜棉花，死死地卡着一个棉籽，从棉籽上剥棉绒，让棉籽与棉绒分离。精力十分投入。二海家的来串门，她浑然不觉。二海家的一脚迈进屋里，让她措手不及。慌里慌张的，已是躲也不是，藏也不是。近前守着一堆棉花，炕头上放着一张很简易的小弓和一个小棒槌，一旁有一团弹过的绒子。

"好啊，"二海家的一本正经地说，"这回算是让我堵着了。我去大队告你，让你脖子上挂着一兜子棉花，敲着锣游街。"二海家的话音一落，绷着的脸立时就笑了起来。闷子娘窘着的脸随即就恢复了平静。"游街？行啊。游街你得背着俺，俺拄着拐棍敲不了锣。""行啊，我背着你，你敲着锣咋呼着。""咋呼啥？俺不会。"二海家的略略地想了想，教闷子娘咋呼："我偷生产队里的棉花，大家都不要跟我学。"

嘎嘎嘎，两个女人爽朗地笑了起来。

"哎，秋上那个游街的是谁呀？""大成。""大成？""啊，七队大成。"闷子娘不认识大成。"游完街，那兜子棉花还给他吧？"闷子娘有些天真地问。二海家的说："想得弯弯。给他，谁给他？放在大队办公室里，说不定哪天，说不定哪个官太太就背家去了。"

二海家的捏起一撮绒子说："闷子他娘，你这办法太慢了。让闷子推着棉花去轧房轧轧，到那里一霎就轧了。轧棉花，也给弹绒子。人家弹得细。"

"大睁白眼地推着棉花去轧？不让人家说吗？"

"说啥？谁说？不说也都知道的事，没有说的。没让当官的看见，没让查坡的逮着，没让看坡的堵在地里，就不是偷的。"抻了一霎，二海家的又说："不过还是尽量把事做得秀密一些好。少轧，多轧一回。"

"要加工费吗？"

"不要加工费。轧棉花的落棉籽就行了，利就很大了。"

"十斤棉花出六七斤棉籽呢！咱自己弄弄，能落下棉籽换点油吃。"

"自己弄太慢了。你这么一点一点地撕，撕到啥时候，猴年马月？"

"那就叫闷子推着去轧房轧轧。"

"要一早一晚去。大白天去，轧棉花的不敢轧，工商部门查。

前几天张屯那轧房给封了，谁知道又开轧了吗？东乡里马家屯也有轧房，就是远点，那里白天也轧。不一个县，人家那边查得松。"

闷子姑去小美家串门的次数多了起来。闷子姑去小美家串门，小美比先前勤快多了，又是擦椅子，又是抹桌子，又是洗茶碗，又是倒水，忙个不停。不管是在家里还是在大街上，小美见了闷子姑不喊花婶子了，啥也不叫，只低头含羞一笑。

"云，"闷子娘叫着闷子姑的小名说，"你给闷子提的那媒，那头没定亲的话，再给闷子提提。春天人家没应媒，要是应了咱也抓瞎，人家和咱要绒子，咱是一点绒子也没有。现在咱有绒子了，能起了，再提提那媒。"

嫂子拉着小姑的手进了里屋，让云看包袱里的棉花。一大包又一小包，结结实实的两包棉花。嫂子对云说，给闷子缝了一个长的袖筒似的小布袋，让他每天黑夜拾点，每天黑夜拾点，拾来就放在小布袋里，摊得匀匀的、薄薄的、平平的，早晨家来时裹在被子里，搭在肩上，就带家来了。道上走着，外人看不出来，一点也看不出来。今日带点，明日带点，一秋下来，带不少呢！两个人说着话，看着摸着包袱里的棉花，喜不自禁。嫂子说："拾的净是些大开头，开得又白又胖的大开头。"

"咱有绒子了，能起了，再提提那媒。"

云对嫂子说："闷子的事你就别操心了。"

"不操心行吗？你哥哥殁了，当娘的不操心，谁操心？"

"闷子那事……生米已经做成熟饭啦！"

"唵，生米已经做成熟饭啦！？"闷子娘惊得两眼瞪着小姑子，"啥时候做熟的，俺咋不知道？"

"啥事呀，让你知道！"

姑嫂俩哈哈地笑了起来。

"好啊！那我就赶紧纺线织布，好给闷子做身新衣裳，做床新被子。"

"你还能织布？"

"我和他那些婶子大娘换工。我帮着人家纺线，让人家捎带着给织点布。"

"你搓布机纺线就行，牵机、刷机、织机这些活儿我来干。等闷子娶了媳妇，这些活儿就有人替你干了。"

闷子娘的脸笑得像朵盛开的棉花。

一天，闷子姑来小美家串门，小美不在家，小美娘把闷子姑拉进屋里，让到椅子上，自己坐在炕沿上。这样两个人靠得近，好说话儿。

小美娘拉了拉闷子姑的手，说："她花婶子，咱都不是外人，我就有啥说啥吧……"闷子姑笑眯眯地看着小美娘，意思是，你想说啥就说啥吧。

"你娘家侄找了吗？要是没找，就给两个孩子定了亲吧。又有两家提媒的，小美就是不理睬，看她那意思，就是找你侄。"

"嫂子，你这么说了，这事就交给我吧。"闷子姑不忘问上一句，"豁哥咋想的？"

"你豁哥也松口了，也认头了。他说：'孩子的事就让孩子做主吧。不该管的事就不管，就少管，管多了落埋怨。硬别扭着来，孩子要是有个好歹，后悔就晚了。'"

闷子姑说的"豁哥"，就是小美的爹。

小美娘头低着，悠悠地，对自己说也是对媒人说：

"穷富的吧，两个孩子愿意就行。穷没有根富没有苗，两个人只要一心一意地混，还有混不好的？你娘家嫂子也不是那啥的病，虽说下不了地，干不了坡里的活，看家守门烧火做饭还是能行的。我和她爹说：'这是一个好媒呀。闺女进门就当家，没小姑子，没大姑子，少这事那事的。看她花婶子的为人处世，人家娘家侄也大离不了调。'"

"嫂子，"闷子姑拍了一下小美娘的手说，"你就放心吧，俺娘家都是些忠厚老实的人。要是那坑拐蒙骗、胡吹乱嗙、见了骆驼不说牛、吊儿郎当、不务正业、做事不着调的孩子，我也不给小美提。远亲不如近邻。"

"孩子长得……"

小美娘想问男孩子的长相怎么样，却又有些不好意思。

"他小的时候不是常来吗，你没见过吗？"

"那时候……那时候哪能留心这些事。"

"嫂子，跟你说吧，俺侄长得比他姑都俊。"

"哎呀呀，"小美娘向前探着身子，拍着巴掌说，"你就够俊的啦，你侄长得比你还俊，那得多么帅呀！"

"想想吧，要多帅有多帅。高个，浓眉大眼……"

"真的吗？"

"真的，我一点都不糊弄你。女孩子随爹，男孩子随娘。俺嫂子就是个大美人，大美人生的儿子能丑吗？俺嫂子得过小儿麻痹症，落了个腿残。要不是腿残，人没丁点儿挑。"

"小儿麻痹症是啥病？"

"咱不知道是啥病。准是小时候下湾让蚂蜱^①咬着腿了。"

"大可能是。俺就不让小孩子下湾,咱村子西头那个湾里就有蚂蜱。蚂蜱叮腿上,那可不得了,吸人血的。"

"放心吧嫂子,我不会糊弄你。"闷子姑抻了一下说,"要说……要说挑嘛,孩子就是长得黑点,没有小美白净。"

小美娘不以为然地说:"男孩子,长得黑点没啥。黑汉鳖牛铁青马,这是上色。"

"两个孩子还要见面呢!那时你从旁边瞅瞅。"

闷子姑一提"见面",小美娘自顾自地笑了起来,说:

"俺那会定亲时,可让媒人给糊弄了。"

"咋糊弄的?"

"咋糊弄的?我跟你说说吧……"

小美娘不在炕沿上坐着了,向着闷子姑又凑近了一步。来到方桌前,倚着方桌,胳膊肘子压着方桌,面朝着闷子姑站着。嘴贴近闷子姑的耳朵,强忍住笑,说新鲜事儿似的,说起了自己的婚姻大事。

"提媒时,媒人说,男家日子混得可好啦,不愁吃不愁穿,年年打的粮食是大囤满小囤流,四合院的宅子,屋是带廊厦的……最是这个孩子好,看事,懂事,懂礼法,也勤快,就是……就是孩子那嘴不大成嘴。"

小美娘缓了一口气,接着说:

"要说这事嘛,也怪俺那老爹。俺那老爹,心实得像个死面子馍馍。你猜……你猜俺那老爹说啥?"

---

① 即蚂蟥。

"说啥？"

"俺那老爹对媒人说：'没事。'心想，老人的俗话，嘴上没毛，说话不着，长大老成老成就好了。 哪想……"

"唉，"小美娘叹一口气，说，"那时又不兴见面呢，嫁了才知道是个豁嘴子！ 老爹去找媒人，媒人说：'当时我不是说了吗，孩子那嘴不大成嘴，你说没事。'"

两个女人击掌，再也忍不住，嘎嘎地笑了起来。

豁哥进屋，问："两个人叽叽嘎嘎的，笑的啥？"

花婶子轻轻地看了豁哥一眼，对小美娘说："豁哥人挺好的。豁嘴子有啥？"

小美娘说："倒也没啥，就是吹灯不大行。 咱噗——，一口气就吹灭了。 他噗，噗，噗，三口气也吹不灭。"

第三章

一　庄户人家的孩子

"家来了？"

"家来了。"

高中毕业回到家的华子，来到胡同里，来到大街上，来到生产队的饲养处，和邻居们、街坊们见面打着招呼。

第二天，华子早早地起来了。摸起扁担，挑起水桶，去村头的水井里挑了两担水。放下扁担，去了村头的场院。村头的场院，有他太多的童年记忆：跳房子、打蹦、打格、打鞋底窝、捉迷藏、黄鼬拉鸡……

那是一年的冬天，下了一场雪，一场大雪。雪后天晴，阳光照在雪上散着晶亮的光。他和小伙伴们蹦蹦跳跳地来到场院里，堆雪人、滚雪球、打雪仗，雪地上玩了个欢。一双棉鞋湿得透透的，不觉湿，也不觉冷。晌午了，该吃饭了，他还不回家。娘这里那里地找，场院里把他找到了。娘一把逮着他，抓着小胳膊一气拽回了家。就一双棉鞋，娘那个气呀，那个急呀，吵着，骂着，打着，脱下他脚上的鞋。没有替换的鞋，就被子盖着脚，炕头上坐着，下不了炕，出不了门，坐了一下午的"禁闭"。吃了晚饭，早早地就睡了觉。 怕鞋炕①煳了，娘不敢放灶膛里边炕，就趄在灶门上炕，炕了一个下午，又炕了一宿，一双湿棉鞋总算炕干了。 从那，他再也不堆雪人，再也不滚雪球，再也不打雪仗，再也不在雪地上玩了。 娘做双鞋不容易！

刚收打完麦子，场院还挺平整的，就是有些弯弯曲曲的小沟沟小槽槽，是蚯蚓或蝼蛄拱的。 新拱的沟沟槽槽里泛着松散的土，早拱的沟沟槽槽里落进的麦粒已经长出嫩绿的麦苗。 华子站在场院里，感受到的是地脉的跳动，空气的清新，看到的是家乡的村庄，家乡的田野。 炊烟袅袅，云蒸霞蔚。 家乡的一草一木是那样的亲切，那样的美。 东南望去，是百里之外淄博那边绵亘的青山。 曾有多少个早晨，多少个傍晚，多少个雨过天晴的白天，华子来到场院里，远望群山黛影，欣赏大自然赐给的美景。

鸡们咯咯地叫着，飞跑着来了。 早晨，家家户户打开鸡窝门，鸡们先是飞到院子的矮墙上，继而咯咯地叫着，飞落到院子外面的地上，连飞带跑，争先恐后地来到场院。 场院里，鸡们拍打着翅膀，舒展着身子，驱赶着鸡窝里憋闷一宿的臭气。 公鸡耷着翅子打着旋儿追赶着喜爱的母鸡……母鸡起来，抖抖身子，美滋滋地跑了。 去麦穰垛边寻找散落的麦粒，去场院边的草丛里啄食嫩绿的草芽，逮食鲜活的蚂蚱。 公鸡梗着脖子，抖动着冠子，迈着稳健的步子，色眯眯地瞅着身边的母鸡，咯一声咯一声地叫着，还想再爱一个。

成群的麻雀从树上腾腾地飞落到地上，场院里跳动着寻找吃的，一有风吹草动，又从地上腾腾地飞到树上。 飞下飞上，带起微风

---

① 烤。

阵阵。

蜻蜓平展着翅膀，有的似穿梭，飞过来飞过去；有的似舞蹈，打着旋儿上下翻飞，一只一只，悄无声息地捕食着小蚊子。

燕子来到场院里，落在麦穰垛顶上，唱歌溜嗓子：叽里呱啦叽里呱啦，吱——；叽里呱啦叽里呱啦，吱——；叽里呱啦叽里呱啦，吱——。人们听起来就像出操报数那般：一二三四五六七——。唱一阵子，溜一阵子，箭一般地飞走了。

场院角一棵老榆树的枝头上，一对喜鹊跳过来跳过去，喳喳地叫着，欢迎求学归来的寒门学子。

场院里，华子默默地站着，静静地想，接下来的日子，自己要融入的，就是生于斯长于斯的这片热土。日出而作，日落而息。面朝的是黄土，背朝的是天。

无怨无怼，满心的是感激。感激毛主席，感激共产党，感激新中国。庄户人家的孩子，能念书，能念到高中毕业就很不错了。

庄户人家的孩子，生在农村，长在农村，外面闯荡了一圈，又回到农村，不生，不疏，有一种游子回到故乡的亲切感。

庄户人家的孩子，再熟悉不过的是庄稼地，庄稼地里不怵，不惧，见多识广，耳濡目染，一些活儿搭手就能干。

小时候跟着大人耪地，不会迈步就倒拉钩。先让锄头入土，两手握着锄杠，在垄背上拉着锄，倒退着走。慢慢地就学会了耪地，和大人那样耪地。旋锄过空（锄垄眼里禾苗与禾苗之间的空）、锄尖剔草（剔去与禾苗紧挨着的草），这些技巧也会。

小时候跟着大人下地挖谷苗，学会了辨别谷苗和莠草。莠草叶子比谷苗叶子青，比谷苗叶子绿，黄谷苗的叶子有点微黄，红谷苗的叶子有点紫红；莠草叶子比谷苗叶子窄，比谷苗叶子长；莠草贴地的根疙瘩比谷苗的小；莠草比谷苗分蘖叉多；莠草秆子比谷子秆子细，节骨短。

小时候跟着大人下地拾掇棉花，分清了果枝和蘖叉。伍庄人管棉花的果枝叫"胳膊"，管棉花的蘖叉叫"叉子"，也叫"荒条子"。从棉花的叶腋处长出、近乎平伸的枝条是果枝，果枝一伸就现花蕾。从棉花主干上长出、有一个圆的芯、形如一棵小棉花的是蘖叉。蘖叉与主干所成的锐角比果树与主干所成的锐角小。拾掇棉花，蘖叉是要去掉的，但也不尽然。当蘖叉伸了果枝，尾大不掉时，也是可以留着的，尤其是主干不景气时，喧宾夺主，留一个叉子也挺好。不管啥枝，能结棉桃，能开棉花就好。

"五爷。"

场院边上的大道上，五爷慢慢地走着，抬头一看是华子。

"华子家来了。"

"家来了。"

"还去学校吗？"

"不去了。在家种地了。"

五爷若有所思，走了几步，回过头来对华子说："华子，咱那瓜又快熟了，去瓜园我给你摘瓜吃。"

队长换了又换，种瓜的一直没换，种瓜的还是五爷。

|二| 大水冲了龙王庙

一棵秧苗,从苗床移栽到大田里,在风刮日晒中,先是蔫头耷脑、软塌塌铺地散在炙热的大地上。在烈日的烤烙下,一点一点地从地里吸收水分,吸收养料,一天强起一天,慢慢地就缓过来了,就挺了起来。挺起了身,抬起了头,展开了周边已经枯干、中间还绿着的叶子。扛住了风刮、经住了日晒的秧苗,继而吐新芽,展新叶,生新枝,风雨中茁壮成长。

华子从学校回到家,犹如一棵从苗床移栽到大田的秧苗,一开始的那些日子里,也是软塌塌的,腰酸腿痛胳膊麻,走到哪儿都想倒地就睡,整个人儿要死的样子。别说干活,就是不干活,光在坡里风刮雨淋日头晒,也能把一个刚走出校门的学生弄蔫了,整瘪了。

方正拿一顶席帽给儿子,关切地说:

"下地戴上它。"

华子不戴,说不习惯,说戴着席帽不得劲。

"戴上。晴天遮阳,雨天挡雨,下雹子砸不着头。"

方正对儿子说,六月的天,孩子的脸,说变就变。下小雨,戴不戴席帽不要紧。下大雨,戴着席帽不憋得慌。下雹子,不戴席帽,有让雹子砸死的。

头上戴顶席帽遮阳挡雨，这事华子知道；下冰雹能砸死人，这事华子深信不疑，物理课上学过自由落体，知道重力加速度，高空下落的冰雹砸在头上会要命的；下大雨，戴着席帽不憋得慌，这事华子却不知道，听爹这么一说，又增长了知识。想想就是，如注的大雨排挤了近前的空气，空气稀薄了，人就觉得憋得慌，头戴一顶席帽，鼻子前给空气留了一个空间，呼吸自是畅通。

华子头戴一顶席帽，光着膀子，弓着腰，撅着屁股推粪，一车又一车。穿过长长的大街，走过窄窄的小桥，行进在通往农田的小道上。汗水顺着脸颊，沿着脊背往下流。腰带上掖着的用来擦汗的破毛巾，像只小松鼠，屁股后面欢快地跳着。

华子头戴一顶席帽，肩上搭一条湿毛巾，庄稼地里耪地，一垄又一垄。汗珠子砸在脚面子上，一分八瓣。树底下歇着，摘下头上的席帽，有风时当坐垫，无风时当扇子。

华子很快就融入了生于斯长于斯的这片热土。

坡里干活，渴了就喝井水。井里有蛤蟆，水里有孑孓，照样喝。从井里将水提上来，拍打一下水桶，孑孓就往下沉，趁着孑孓往下沉的当儿，抱起水桶，咕咚咕咚，一通牛饮。有孑孓打着筋斗跑进嘴里，进到胃里。嘿，肚子不痛，也不拉肚子。

上午坡里干完活回到家，吃过午饭，拿条破布条或破口袋，墙阴里或树底下一铺，倒头就睡，哪管汗水渍土，蚂蚁爬身上。下午坡里干完活回到家，扫院子，填猪圈。吃过晚饭就去饲养处开会，记工，听从队长分配明天的活儿。

一天，生产队栽麦茬地瓜，队长安排华子运"地条"。地条就是从春地瓜棵上剪下来的蔓子。把长短不一的蔓子截成尺把长的段，栽到地里就扎根，就生芽，就爬蔓。地下的根一天天膨大，就是地瓜。

生产队的春地瓜地和麦茬地不挨着,一个在南一个在北,直线距离一里地,却没有直达的路。循着路,向西向北再向东转着走过去,要三四里路。车子上的地条不是很多,车子不是很沉,华子就走捷径。推着太平车子走地边,走田埂,向北正冲着麦茬地直着奔过去。走着走着来到一个瓜园,瓜园里硬而明堂的小道要比地边田埂好走得多。华子不知道瓜园是哪队的,更不知道种瓜的是谁,但知道这片儿地是伍庄的地,瓜园是伍庄的瓜园,种瓜的是伍庄的人,就大着胆子,推着车子拐进了瓜园。

瓜棚里,老魁坐着撑子正抽着烟呢,见一个不认识的小伙子,头戴席帽,推着一车子地条,瓜园的小道上大摇大摆地往北走。他烟袋锅子往鞋底上一磕,腾地一下子就从瓜棚里钻了出来。

"哎,哎……推着车子从瓜园里走,瓜园是道吗?"老魁站在瓜棚门口,一边喊,一边摆动胳膊往外撵。

"出去,出去!"

华子停了下来,却是不想退出瓜园。已经进了瓜园好大一截地了,他不想退出去。

"出去。听见了吗?出去!"

老魁站在那儿,还是摆动胳膊往外撵。

华子不认识老魁,一点也不认识,素昧平生,连"好像在哪儿见过"这样的感觉都没有,一点也没有。

"不撵我,我也出去。"华子笑眯眯地,弓着腰,推着车子,一副这就要走的样子。却是往前走,没有折回往后走的意思。

"退出去,退出去!"

老魁有些急,往前走了两步,两个人离得近了。

华子慢悠悠地说:"往后退,是出去。往前走,也是出去。咋也是出去,咋也是从瓜园里走,还是往前走好。"

"说得倒好。"老魁心里说。

老魁想笑,但是没笑,心中的急却是没了。又走近两步,定眼看了一下这小伙子,不认识。再看,还是不认识,一点也不认识。心想,小伙了推着车子闯瓜园,一点都不胆怯,这是谁呢?

"你是哪庄的?"

"伍庄的。"

"伍庄的? 你是谁家?"

"方正家。"

"噢,你就是华子!"

老魁知道方正的儿子叫华子,知道华子在外边念书,却不认识华子。

"我还寻思着是外村买地条的呢。"

老魁笑了。

瓜园里的道能走了。

"你等等,前边有一条壕沟不好过。"

老魁进了瓜棚,拿出绳子给华子拉车子。华子后边推,他前边拉。拉出了瓜地,又越过路边的一道壕沟,一气拉到一队的麦茬地。

大水冲了龙王庙,老魁和华子的故事,伍庄人拉起来就想笑。

"家来了?"

"家来了。"

"家来了?"

"家来了。"

下地干活或是收工回家的路上,街坊们和华子这般的一问一答,打着招呼,说着话儿。庄子大,一些不认识华子的,一天一天,慢慢地也就认识了。

三　苗苗喊华子见面

这天晌午，华子下地回到家，把锄头往南墙根一竖，摘下席帽挂在锄把上，还没进屋呢，刘一仁来了。

刘一仁去了北屋，椅子上坐下。华子随脚跟进来。刘一仁对华子说："华子，苗苗想见见面。"

刘一仁给华子介绍的姑娘叫苗苗，任家村的。任家村和伍庄一个西一个东，两个村相距一里地，跟一个村差不多。刘一仁和男家、女家的关系都不错，是两家都信得着的人。媒事一提，两家的大人就都同意了。订婚彩礼，一床花被面、两块做衣服用的布料，用一个小红包袱包着，方家经媒人给了苗家，婚事就这么定下了。华子和苗苗却是一直没见面。华子不念书了，家来了，苗苗想见见面。

"好。见见就见见。啥时候？"

媒人说："这就去。"

华子拿过脸盆，从水瓮里舀了水，洗了洗脸，这就要走。媒人让他换换衣裳。华子娘一脸的愁容。衣裳？哪有像样的衣裳，都是粗布的不说，都已穿了两三年了，不新了，没有补丁的算是好的。华子说：

"换啥衣裳？东西两庄的，谁不认识谁呀！剥了皮认得骨头。"

说起来，华子和苗苗还是同学呢，小学三年的同学。苗苗上到三年级就不上了，华子小学、初中、高中一直念着。两个人虽说多年不见，印象还是有的。

华子就穿着下地穿的衣裳：白布褂子，皂青裤子，一双沾着泥土的黑布鞋。褂子、裤子、鞋子都是粗布的，都是娘做的，有些不跟形势，唯有褂子上一排核桃疙瘩扣子不大不小，做工很是精巧。

天井里，华子从锄把上摘下席帽，往头上一戴，顺手扛起锄头，这就往外走。"哎，干啥去呀！"媒人喊住他。华子嘿嘿地笑着放下锄头。媒人让他把席帽也放下，他却不肯。他记住了父亲的话。六月的天，孩子的脸，说变就变，戴着席帽，晴天遮阳，雨天挡雨，下雹子砸不着头。

这天正是玉皇庙集。伍二法赶集回来，在庄子西头跟刘一仁和华子走了个迎碰头。"赶集回来了。"刘一仁漫不经心地向伍二法打了个招呼。"晌午了，两个人咋才去赶集？"伍二法心不在焉地问了一句。刘一仁哼哈着走过去了。华子低头抿嘴一笑。

进了任家村，媒人把华子领进一个户家。接着就有一个中年妇女走过来，把华子领进了西屋。屋子里人不少，有苗苗，还有好几个，都是女的，看上去有大闺女也有小媳妇，其中三个大闺女华子似曾相识，像是在哪儿见过。一伙人正叽叽嘎嘎地说笑着，华子进屋，说笑声戛然而止，一屋子人不约而同地将目光投向华子。华子摘下头上的席帽，左看看右看看，不知将席帽放在哪儿是好。大闺女小媳妇们嬉笑着，簇拥着，拍打着脊背出去了。后边的一个回过头来将门一对掩,屋里闪下苗苗和华子。

华子椅子上坐下,将手中的席帽扣在膝盖上,手放在席帽上。苗苗坐在炕沿上,手按着炕沿。

"家来了?"

"家来了。"

"不上学了?"

"不上学了。"

"在家干啥?"

"干啥？ 耪大地。"

"……"

"……"

两个人没话找话,说了也就十分钟吧。院子里热闹起来了,一帮小孩子看西洋景似的,从大街上,从胡同里呼啦呼啦地拥了进来。有把着门从门缝往屋里瞧的,有趿着墙根拽着窗户棂子从窗户往屋里看的,瞧不见看不见的就人空子里挤,人空子里钻。不知哪个熊孩子后边一推,人推人,人推门,轰隆一下门开了,将两个人暴露在光天化日之下。苗苗起身走了。华子也不能再坐了。

见面到此结束。

华子没对媒人说什么,一句话也没说。媒人没问华子什么,一句话也没问。媒人向女方使了一个询问的眼色,女方却是没说什么,一句话也没说。媒人向女方打了一个招呼,领着华子走了。刘一仁在前,华子在后,两个人像戏台上跑龙套的,转了一圈,很快就回到了伍庄。

方正温了一壶酒。华子娘炒了四个菜:一盘炒鸡蛋,一盘炒豆角,一盘炒茄子,一盘凉拌黄瓜。方正和刘一仁,一人一把椅子，刘一仁坐上座，方正坐下座。 两个人喝酒吃菜，不谈媒的事。 两个人喝着酒，华子娘擀了两张大油饼。

第二天傍晚，刘一仁来到方家，交下苗家刚刚退回的彩礼。吃过晚饭，方正对儿子说："媒散了。"

蓦地，华子想起了一个事。

大前天中午，有三个大闺女闯了进来，进门叫了一声大娘。娘从屋里走出来，一看三个人一个也不认识，就问她们是哪里的，有啥事。 三个人都抿嘴笑，不说是哪里的，也不说有啥事，只说："干渴了，要点水喝。"

华子在南屋门口坐着杌头看书，见来了三个大闺女，遂将书本合上了。

水瓮就在院子里，就在枣树底下。 水瓮盖上有个水瓢。 一个穿方格褂的大闺女拿起水瓢，掀起瓮盖舀起半瓢水，浅浅地喝了两小口就把水瓢递给下一个，下一个也是浅浅地喝了两小口就不喝了，将水瓢给了第三个。 一个喝了一个喝，一个喝水的当儿，另两个就东张西望地看。

华子脖子眼睛的也转动着，陪伴着她们东张西望地看：土房子土屋，五间北屋，三间西屋，两间南屋，没有东屋，生活困难时把东屋扒掉了，将檩条和梁劈成火头，去镇上的饭店换了钱，买了吃的——地瓜干、地瓜叶和谷糠。 屋的檐头已经腐烂，墙皮已经脱落。 屋檐下，墙窟中，麻雀飞进飞出。

华子静静地看着，默默地盘算着：推几车子土，生产队里活儿不大忙时，请两天假，向队长从生产队里弄点麦穰和泥，泥泥屋的外墙。 要是没有麦穰，就去坡里割点茅草，剁剁当麦穰和在泥里。 秋后去大河身割点芦草，明年春天整修一下屋的檐头。 过个三两年，买点砖，脱两架土坯，买点秫秸，买几领苇箔，先翻新一下北屋。

三个人喝了水要走的当儿，"方格褂"低头看手指头，一边看一边扑拉着说："扎上刺了！好疼。"

另两个凑过来。

"咋扎的？"

"咋扎的？"

"让瓮盖上的席篾扎的。"

"大娘，大娘……借你的针用用。"

娘就进屋找针。

三个人也跟着进了屋。

"方格褂"接过娘递过来的针，来到屋门口，倚着门框"挑刺"，另两个就屋里站着，这里那里地看。看门，看窗户，看檩条，看梁，看炕，看椅子，看方桌，觑着两个眼，旮旮旯旯里看了个遍。方桌懈晃了，腿上掌上都打着撢，一个搭手晃了晃，伸手摸了摸撢子，笑着说："还挺会想办法呢！"

"方格褂"倚着门框，拿着针在手指头上煞有介事地拨拉，拨拉过来，拨拉过去，拨拉了好大一阵子，突起嘴巴，照着手指头，噗，吹了一口，说："行了，挑出来了。"遂把针还给了娘。

三个人都低着头，推着拥着，嘻嘻地笑着走了。

娘问："认识她们吗？"

华子说："不认识。一个也不认识。"

娘说："三个人不是来喝水的，像是有事，也不知道为啥事。"

华子说："管她为啥事呢！大不了把你儿偷了去。"

现在，华子忽地想了起来，也明白了。看来，一切都是早已安排好了的，苗苗提出见面就是想散媒。大前天闯进家要水喝的三个大闺女，都是苗苗的闺蜜，是来探情况的。苗苗散媒，定是有她们的功劳。

华子很想请请她们。苗苗散媒，可说正中华子下怀。

华子想散媒，却不想从他的口中说散。他不忍心去伤害苗苗，不忍心去伤害一个女孩。毕竟同学过，曾有那么一段两小无猜的因缘。他对苗苗没有不好的看法。毕竟经媒人牵过线搭过桥，一个在桥的这头，一个在桥的那头，曾有过那么一段时间的等待与守候。

华子印象中的苗苗，团脸、大眼睛、胖乎乎的，多年不见已是二十出头的大闺女，水灵灵，粉嘟嘟，挺惹人的。要不是熊孩子推开门，华子还想多待些时间。

玉皇庙供销社支农，送货下乡来到伍庄，大街上一溜摆开摊儿，糕点摊、布匹摊、烟酒糖茶摊、锄镰锨镢摊、日用小百货摊。这摊那摊，摆了半条街。售货员个个头戴凉帽，手摇折叠扇，喝着大茶，摊子后边恣格儿悠地坐着，一个一个细皮嫩肉、白白净净的，要多风光有多风光。

摊子前的街心大道上，是下地干活回家的社员。扛着锄头的，扛着铁锨的，扛着镢头的，拿着镰刀的，牵着老牛的，推着车子的，背着草筐的，背着粪篓的……一个一个土头垢面，拖着灌了铅似的两条腿，一步一挪地往家走，要多狼狈有多狼狈。

大街上走着，二海家的从后边戳了二法家的一指头，小声说："苗苗和华子散了媒，人家接着就找了，没出半月就出嫁了。找了个临时工，供销社的，就是那个卖糕点的。"二法家的回头看了一眼那个糕点摊,更是仔细地瞅了一眼糕点摊后边坐着的那个小伙子,回过头来朗声道:"嫁汉,嫁汉,穿衣吃饭。找个卖糕点的,后响睡觉准当当的有点心吃。"

供销社食堂送午饭的挑着担子颤悠颤悠地来了。担子一头是柳条簸箩,一头是雪花铁皮桶。簸箩里是白面馍馍,桶里是冬瓜粉皮猪肉汤。

华子扛着锄头进家,娘已经把饭端上桌。吃的是地瓜面子窝窝头,菜是炖豆角,喝的是馏锅水①。

---

① 箅子上放个盆,盆里盛上水,借着做饭,把水馏热了,这水叫"馏锅水",一般不烧开。

四　西天上一道彩虹

清早哗哗地下了一场雨。 雨停了,天还阴着,云彩一霎薄起一霎。 有道是:早晨下雨一天晴。

春天做酱,秋天腌咸菜,这已是伍庄家家户户一年一年的老熟套。

昨天,华子已将水萝卜洗好,放在柳筐里控着浮水。 腌咸菜的缸瓮也清洗好了。 水萝卜已经晾好,浮水已经散去。 吃过早饭,华子去代销处称盐,准备腌咸菜。 毕了业家来了,一些事儿能干的就得干,不能再让爹去操办。

华子代销处里称了盐,背着盐袋子,避着街上的泥窝水窝,左一脚右一脚,大步小步地跨着往家走,走着走着听到孩子的哭叫声。 鬼哭狼嚎那般,动静挺大的。

谁家?

越往家走,听得越真切。 听出来了,哭声来自仁叔家,是小末在哭。

小末是刘一仁的小儿子。

小末哭得上气不接下气。

"和一个'屎壳郎孩子'①生的啥气?"

饲养员伍大来吃过早饭要去饲养处起栈脚②,走出大门,听到有孩子哭叫,站在胡同里听,听了一阵子,拽下一句话,抬腿就走了。

听动静,扭胳膊打屁股那一阵急风暴雨已经过去,动手动脚已经转成动口,两口子你一句我一句轮番训斥。小末也不示弱,一把鼻涕一把泪地哭着,间或给以反驳。形势渐趋缓和,进去"解救"小末,已没有那个必要。爹娘吵儿子,骂儿子,打儿子,过去那一阵子就好了,爹还是爹,娘还是娘,儿子还是儿子。

华子来到胡同口,站着听。

小末爹:"说好了的,不上了,已经是一星期不去上学了,这又想去上学!"

小末娘:"准是华子撮弄的。前天大街上一帮小孩子围着他,有说有笑的,那帮小孩子里头就有小末。"

华子笑了,得意地点了点头,伸了一下舌头。

小末爹:"还上,还上……上学有啥用?你华子哥上学上得连媳妇都找不上了!"

小末:"华子哥哥是孬的不找,找好的。"

华子食指嘴前一竖,嘘——!

"孬的不找,找好的?"院子里传出哧哧的笑声,是小末娘在笑,"你还挺会给你华子哥圆事呢!"

华子扮了一个鬼脸。

小末娘:"去坡里拾地瓜!"

---

① 指不懂事的孩子。
② 指将牲口踩踏的污物及杂土打扫干净。

院子里传来扑哧声，是篮子、口袋落地的声音。

小末爹："拿上口袋，挎上篮子，快去坡里拾地瓜。想着，上午拾地瓜往西看。"

小末："不去！"

小末娘："刚下了雨不去拾地瓜？"

小末："不去！"

小末娘："你去不去？"

小末："不去，不去，就是不去！"

不管爹娘怎么呵斥，小末就是不去。

小末娘："不去拾地瓜，也不能去上学！"

华子心头一紧。

小末："就是去上学，就是去上学！我长大了去拾金子，华子哥说，是金子就发光。"

华子笑了。

小末娘："不去拾地瓜，就别家来吃饭！"

小末："不让家来吃饭就要饭去。要饭也要去上学！"

华子点头。

嘭，小末照着篮子踢了一脚，背起书包，抹着眼泪，跨出家门，往学校跑去。

华子一颗悬着的心终于放下了。

小末娘追出大门。

小末已经跑远了。

小末娘："唉，半布袋地瓜没了！"

小末娘转身见华子站在那儿，遂问："华子，仰着脖子看啥？"

华子向天一指。

西天上一道彩虹。

"摆一层萝卜撒一层盐，摆一层萝卜撒一层盐。四斤萝卜一斤盐。"天井里，华子向咸菜缸里摆萝卜撒盐，爹坐着撑子在一旁指导。

伍大来来了，手里拿着几张信纸和一个信封。

方正把伍大来让进北屋，两把椅子自己做了下座，让伍大来坐了上座。方正摸起火柴，点起油灯，将桌子上的烟袋往伍大来这边推了推。"带着了。"伍大来说着取下了腰上别着的烟袋。方正也摸起了桌子上的烟袋。

华子停下手中的活儿，洗了洗手也来到北屋。

"大叔，写信？"华子看着桌子上的信纸和信封问。

"再写封信。"伍大来说。

伍大来两口子生育一儿一女。女儿结了婚跟随丈夫去了东北。老人在关里，孩子在关外，少不了书信往来。自打华子毕业回家后，写信就不找别人了，就找华子。伍大来说，华子写信快，写得也明白，有个啥事有个啥话，说一遍他就能写下来。一念一听，挺顺妥，说的事全都能写上。有的人写信，写一遍不行，揉搓了，写一遍不行，揉搓了，写一遍又一遍，老是写不准要说的事。

华子去西屋拿了笔，拖过杌子，方桌前拦横坐下，将油灯往近前拉了拉。伍大来说着，他写。信很快就写好了。

伍大来妥妥地把信放进衣兜，说饲养处里活儿忙，起身就走。送伍大来出门，方正不忘嘱托一句："有那合适的媒，给华子说个媳妇。"

五　媒人吃了闭门羹

前前后后四五个了，提媒的不少，成的没有，都是嫌方家日子穷。

这天，刘一仁来到方家。

"方正哥，中街薛家的二闺女，我看这孩子挺好，岁数和华子也差不多，我想给华子提提。"

"两个人同岁。"华子娘说，"不准能行。薛家大人孩子挑得都挺严。"

刘一仁说："男大当婚，女大当嫁。行不行，提提。行，不算有脸；不行，不算没脸。媒事嘛，向来有个成，有个不成。"

方正说："你就操操心吧。"

"烦死了！"华子一梗脖子，"不找了。光棍子能咋！要是上大学的话，现在也不能结婚，权当上大学吧。上农业大学。"

方正瞪眼，要发脾气。

刘一仁："哎……哎……"

方正强按下心头的怒火。

华子小板床上坐着，低下了头，不再吱声。

散媒，向来有的事。苗苗和华子散媒，在伍庄和任家村却成了一大新闻。人们都知道是苗苗提出来散媒,是苗苗一脚把华子给蹬了,而不是华子抛弃了苗苗。一个连小学都没毕业的女生,把个高中毕业的男生一脚给蹬了,蹬了个干净利索,蹬了个腚瓜子朝天嘴啃泥。

方正曾担心儿子念了书把人家闺女给蹬了,真要那样就对不住人家,让人家等半天又和人家散了,良心上过不去。现在他不用担心了,不会对不住人家了,也不会良心过不去了。不是他儿子把人家闺女给蹬了,而是人家闺女把他儿子给蹬了。现在他觉着面子上不好看,整天脸上火辣辣的,街坊面前抬不起头。他恨不得儿子这就定亲,这就结婚。儿子定亲结婚,是儿子的终身大事,更是他方家的颜面。

华子娘数说儿子:"有给操心的就好。不是你仁叔,谁能给操这么大心。庄里和你一般大的差不多都定了亲,有的已经结了婚。人家闷子都找上媳妇了。不找,让外人怎么寻思?外人不寻思咱不找,寻思咱找不上来。"

"华子,"刘一仁从椅子上向前探了探身子,面对着华子,心平气和地说,"别忘了老人的俗话,入乡随俗,到哪山砍哪柴,卖啥吆喝啥。咱现在不是上大学,是耪大地,耪大地就说耪大地的事。农村和城市不一样,城市那么大,谁认识谁、谁知道谁呀!结婚不结婚,没人知道。农村,一个庄子的人就住在这么一个土疙瘩上,谁的事都知道。要是村里和你一帮一伙的都定了亲,都娶了媳妇结了婚,就你光棍一条,人们还不嚷嚷成个蛋?到那个时候,你自己也觉着不好,觉得没脸见人。"

方正在椅子上挺了挺身子。

华子摸起茶壶,给仁叔满了茶,又给爹满了茶,给娘满茶娘说不喝。 屋子里的气氛轻松了许多，不再那么紧张。

刘一仁喝下一口茶，问华子："认识不认识雪花?"华子摇头，说："不认识。"华子知道村里有家薛姓人家，却是不认识薛家的人。 大人孩子，一个也不认识。

"这回咱就认识认识。 要是对方有意，见面也快。"

刘一仁嘱咐华子：

"这回咱可得好好地表现表现了。 这是第二次相亲，俗话说，再一再二不能再三。 这一次是万万不能再出差错。 这一次要是出了差错，下一个可就小秃的丈人家，不好说了。 见面前理理发，洗个澡，见面那天换身好衣裳。"

刘一仁转过脸对华子娘说："问问金山他娘，见面那天要不就穿金山那身衣裳。"

金山就是刘一仁的大儿子。 金山他娘就是刘一仁的老婆。

刘一仁打量了一下华子，说："两个人胖瘦差不多。"又问华子："身高多少?"华子说："一米六七。""行。 两个人个头也差不多。 定住，就穿金山那身衣裳。 衣裳是啥料的我说不上，反正是从商店里买的布，找裁缝做的。 不是老粗布的，不是自己做的。"

华子咧嘴。 他不想做假，不同意借衣裳穿。

"有啥衣裳就穿啥衣裳。 没有跟的散伙。"

"别上犟。 糊弄着成了媒就行。 再说，相亲见面借身衣裳穿也没有啥不好的，家有万贯还有一时不便呢。 你要是不换身好衣裳，还是和去任家村那样有啥穿啥，我不领你去。 去和苗苗见面时，村头碰见伍二法，我就没好意思说领你去见面。 再去相亲，席帽也不能戴。 夏天去相亲戴顶凉帽还像一回事，戴顶席帽? 戴着席帽去相亲，除了咱方华子，我还没听说有第二个人。"

刘一仁说着说着就笑了起来。

"那天去任家村，哪像去相亲，像是去赶集。咋着？人家苗苗跟咱蹬了吧！别忘了老人的俗话：人凭一张脸，货卖一张皮；人靠衣裳，马靠鞍装。"

也是给华子做思想工作嘛，刘一仁的侃劲上来了：

"提媒，说亲，两家要是都有意，先是小见面，小见面没意见了，还要大见面。大见面时，女孩还要相男家的宅子呢，房屋不好的有借宅子的。把女孩领到邻家走走看看，看邻家的好房子好屋。相比借宅子，借衣裳还不是小菜一碟！"

刘一仁说到相宅子，让华子想起来家"喝水"的三个大闺女。三个大闺女那天还不就是来替苗苗相宅子吗？

"诳人不好，骗人不好。但是到了媒事，却是有个说法：叫'诳媒''诳媳妇'。为了给儿子找媳妇，常有人对自己的熟人、朋友说：'瞅寻着点，给你大侄子诳个媳妇。'

"在媒事上，有的女人也喜欢戴个'被人诳''被人骗''被人糊弄'的帽子，明明是她追着男的来的，结了婚两口子也和和睦睦恩恩爱爱，和街坊邻里闲说起话来，说到自己的婚姻却说，是媒人或是老公把她诳来的，把她骗来的，把她糊弄来的。觉得这样说，自己身价高，面子上好看。

"男的连诳带骗，糊弄着结了婚，把媳妇领进家就行。领进家再好好地恋爱。电影《李双双》里不是说嘛，先结婚，后恋爱。

"不说诳、不说骗，找媳妇这事也是有门道的，就和念书一样，有的人专门，有的人不专门。人家闷子，一天学也没上，一个字也不识，给生产队看了一秋棉花，就找上了媳妇。两个人结婚时，丈母娘给了五铺五盖！被子、褥子，一床一床，炕上摞着，一人多高。小日子一下子就挺起来了。"

刘一仁椅子上坐着，身子向着华子这边探了探，语重心长地说："华子，真格的了，咱上了这么些年的学，念了这么一肚子书，还能跟不上闷子吗？"

"听你仁叔的，就这么定了。"方正劝说儿子，"要是人家有意，见面时就穿金山的衣裳。该装门面的时候也得装装门面，该打扮的时候也得打扮打扮。衣裳穿在身上，自己不说，别人不知道是借的。就是知道是借的，也不要紧。见面，得先给人一个好感，给人一个好印象。见面穿得好孬，也关乎你仁叔的脸面。"

"就是呢，去相亲见面，你穿得不好，俺这当媒人的脸面上也觉得不光彩。这媒要是见面，穿戴更得好一点。"刘一仁面对着方正说，"你可能还不知道，俺两家还是瓜蔓子亲戚呢，论起来我叫老薛表哥。"

"鞋，还有鞋……"刘一仁看了华子娘一眼，说，"鞋也得换换。衣不差寸，鞋不差分。衣裳好借，鞋不好借。"

华子娘说："新做了一双鞋，鞋底子纳好了，鞋帮子也做好了，光剩下绱了。这两天赶紧绱起来。"

方正买了一盒香烟，称了一大封子点心，让刘一仁提着去了薛家。

方家的日子，方家的为人处世无须多说，刘一仁向表哥拉起了华子，拉华子的学习是多么多么好。老薛漫不经心地听着。刘一仁拉着拉着，老薛手轻轻一摆："华子，华子不是家来了吗？"

刘一仁像一个咽芯子爆仗，哑声了。

"苗苗和华子是你刘一仁的大媒人。苗家跟方家散媒你是知道的，为啥散媒你也该清楚。苗家跟方家散了媒，你再给华子提媒，这是好事，这是积德的大好事。有道是，媒人提媒，事为两家，为男家，也女家。媒人是一杆秤，提媒得掂量掂量，掂量掂量男家，也得掂量掂量女家，是不？在早时，讲究门当户对，现在……现在是新社会，虽说少了些这讲究那讲究，可也得八九不离十，耳朵不离腮。我不想让孩子跟着他去要饭。都说穷没有根富没有苗，咱也希望方家日子能混好，猴年马月？"

老薛话到这里，停了下来，两眼看着刘一仁，看了足足有一分钟。

"苗苗和华子散了媒，你给二闺女提媒，人家闺女不找的，给二闺女提，你是觉着我薛家的日子不如苗家，还是我薛家二闺女不如苗苗？"

一家女百家求。刘一仁再也没想到，能挨薛哥这一阵子抢白，腌臜得一宿没睡好觉。"罢，罢，罢……"他在心里说，"再也不给华子提媒了。"

刘一仁来到方家，对方正说："薛哥那头正有人提着媒。"媒事如同集市上的买卖，买家卖家正谈着，再有买家就不好说话，就得走开。一个会说，一个会听。刘一仁这么一说，方正自是明白：薛家不愿和他做亲。

刘一仁委婉地告诉方正，华子的媒事，在伍庄，在东西两庄，在围近处，已是不大好说。人们都知道是苗苗和华子散的媒。苗苗不找华子，别的女孩也不找华子，见一个不找，都不找。"看看远处，远处的不摸底细，让亲戚朋友给留心一下。"

方正吩咐华子娘：烧水，炒菜，做饭。刘一仁摆了摆手，起身就走。方正再留，他还是摆手，话不说一句，仍是不停地走。三个人后边跟着，送媒人到大门外。

刘一仁头也不回地走了。三个人回到屋里坐下，方正摸起烟袋吸烟，华子娘头微微低着，半眯着眼，轻轻地抹了一把额头：

"唉，愁煞了。"

华子说："娘，愁啥愁？我又不秃不瞎、不痴不傻的，还能找不上媳妇吗？"

方正对儿子说："你不是有个要好的女同学吗，问问人家跟咱吧？"

华子低下了头。

他已是一个多月没收到墨兰的来信了，只有去的信，不见回的信……他不敢去想见到墨兰时的情景。此时此刻，她要是开口说嫁给他，他倒有些于心不忍了，不忍心让她跟着自己受苦受罪。曾经的激情浪漫已经不再，每天睁开眼想的是柴，想的是米，想的是油，想的是盐，酱醋茶都很少去想它。

华子抬起头，向着父亲轻轻地摇了摇，把一份情感深深地埋在了心底。

——不会忘记，是你，给了我青春的初恋，这最初的，也是仅有的一次恋爱，让我的人生，没有空白，没有遗憾。

华子默默地坐着，静静地想。想起念书的那些日子，那些不容易。奶奶一辈子不容易，孙子念书奶奶也陪着受苦。奶奶已经去世。想到奶奶，华子聊以自慰的是，奶奶过年吃过韭菜饺子，不是韭黄的，是韭菜的。那韭菜比春天的韭菜还要鲜，还要嫩，还要绿，一闻好香好香。那韭菜是他上学时买的，从城市的菜店里买的。自己在外念书，最不容易的是爹娘，吃苦受累不说，为了儿子念书，没少为难，没少作瘪子，因为捋洋槐叶，爹还游过街。

方正摸起了烟袋。心中的一点希望，又肥皂泡一样地破灭了。随之而来的是愁，一脸的愁容。

"爹，愁啥？不用愁，愁也没有用。爹娘让我念了书，上了学，这就很好了，就别再为这事犯愁了。真格的了，我还能找不上媳妇吗？日子不会老这样穷，会慢慢地好起来。"

六　华子报名去挖河

"爹，我想去挖河。"

华子听人家说，秋后挖河，工期一般是一个多月，两个来月。挖河，工地上管吃，能给家里省下不少口粮。挖河，生产队给记工分，从离开家去挖河那天算起，到挖完河回到家那天截止，有一天生产队就给记一天半的工分。挖河，还能多少分点工程钱，十块八块，多的时候能分二十来块钱。

天井里，方正看看刚走出校门、筋骨还没硬棒的儿子，看看这个家，没说行，也没说不行。这个家，儿子念书时没觉着穷，儿子不念书了，家来了，咋就穷了呢?

吃过晚饭，华子去饲养处开会，向队长报名去挖河。刚毕业的学生，不是自己报名，队长是不会安排挖河的。

"华子，挖河这活你干不了。"饲养员伍大来对华子说。

华子说："试试吧。"

"试试? 挖河这活儿可不是试着玩的。挖河、拔麦子、出地栏，是庄稼人的三大累活，三大累活数着挖河累。挖河不是一天两天，也不是十天八天，一干就是一两个月，要是干不了，谁去替你? 工地上是不见兔子不撒鹰。"伍大来再三告诫华子，"想去挖河，庄稼地里得摔打一年两年的才能行。"

队长看华子:"想好喽,去还是不去?"

"去。干得了,我觉着能干得了。别人能干得了,我也能干得了。有享不了的福,没有受不了的罪。"

挖河的都是男人,男人中的青壮年。挖河苦,挖河累,有的人就不愿去挖河,生产队里能挖河的男人就轮流着,今年这个去,明年那个去,或是通过抓阄来定谁去谁不去。这年要挖的是徒骇河。挖徒骇河是国家工程,工程大,难度也大。从上到下,民工人数一级一级下派落实。队长正为落实挖河民工犯愁呢,华子报名挖河,可说给队长解决了一个不大不小的难题。队长不光应允了,还委以重任,让华子当班长。

大河平野正穷秋,华子,一个"绒毛鸭子",推着太平车子,带着土筐、铁锨和被窝,领着一帮"老鸭子",浩浩荡荡地向着工地进发。朝辞爷娘去,暮至骇河边。几个月前还是一个白面书生,现在成了一个挖河民工。

挖河工地上,县一级称团,公社一级称营……生产小队一级称班。挖河任务具体到班。挖河民工来到工地,先是安营扎寨,接下来是分任务,认工地,试工,开挖。

河滩地里已经撒上了石灰线,已经揳上了木橛界桩。任务已经分到生产大队,大队再将任务分到生产小队。

伍庄大队所分任务段内有一个大坑,捡了个便宜。便宜不能让一个班得喽,往班里分任务时得刨除这个大坑的土方。刨多少?有的估摸四十立方,有的估摸六十立方,有的估摸八十立方。大队长让华子估摸,华子端详着大坑说:"估摸啥?量一量,算一算不就行了。"

咋量?大坑不长也不方,都说没法量,没法算。

华子指着大坑说:"这个大坑,就像五爷种的一个又大又圆的西瓜，从中间切开，要了它的一半，用小勺把西瓜瓢挖着吃了，把西瓜皮嵌在了地里。"

大伙儿围着大坑细细地察看，看大坑的形状——圆的口、锅底似的底。看来看去，觉得大坑还真像挖空了的半个大西瓜。

华子说："这就好办了。量一量就行。"

大伙儿拿来测绳，在华子的指挥下量得大坑的口径是六米。

"再咋量？"有人问。

"行了。量完了。把测绳收起来吧。"

行了？量完了？大伙儿好生疑惑。生产队会计给户家量粪堆，可是长、宽、高都要量的。你华子只量一下就不量了？量的是长，是宽，还是高？

在大伙儿的疑惑下，华子找来一根小木棒当笔，拿大地当演算纸，在地上又写又算。球的半径 $r=3$ 米，球的体积 $V=4\pi r^3/3$，取圆周率 $\pi=3.14$。华子在地上认认真真地划拉了一通，算得半径 $r=3$ 米的球的体积是 113.04 立方米，半球的体积，也就是大坑的土方约是 57 立方米。

有的人点头，觉得差不多；有的人疑惑；有的人围着大坑转，一脸茫茫然，对也不知道，错也不知道，对错全凭华子一张嘴。华子说，五十七方也不能说多么准确，因为大坑不是标准的半球。大队长伍二庆一锤定音："五十七方在谱。不管哪个班摊着，就按五十七方刨除。多点也好，少点也好，就按这个数刨除。"他略一思量，接着又说："咱也别让一个班吃了亏，少算点，按五十方刨除。"

大地上北风飕飕，河筒子里冷风凛冽。河道里掘土，河道里挖泥。一车子泥土四五百斤，推着四五百斤沉的车子，先是走木板，走软松泥泞铺着木板的路，接下来就是爬堤上崖，一个推，一个拉，双力齐下。

大堤上，人们把太平车子的两个木把牢牢地埋在地里，扒掉车轮上的内外胎，那辐条连着瓦圈的车轮子就是一个大的定滑轮。长长的绳索绕过定滑轮的凹槽，一头钩着沉沉的车子，一头搭在拉车人的肩膀上。拉车的，背着绳索，借下行之势，纤夫那般撅着屁股拉。爬堤上崖，车子的重心自然往后移。推车的，车襻搭在双肩上，两只胳膊架着车子，弓着腰，两条腿劈拉着，腰和腿硬硬地挺着，鸭子挪步那般往前拱。喘着粗气爬上大堤，把一车车泥土，贴着大堤的南坡倒下去。

民工们太阳不出就上工，太阳没了才收工。工地上人山人海，红旗招展，毛主席题词"一定要根治海河"的巨幅标语横贯大堤。

工地上，华子和老民工们一样，一样地早起，一样地晚睡，一样地干活，一样地休息。才开工的那几天，华子累得晚上老睡不着，歇一宿两手攥拳都攥不合。干活时间长，劳动强度大，饭量大增。窝窝头三个不饱四个不够，一次中午改善生活，每人一斤半面的馒头、一碗白菜粉条汤，华子一点不剩地吃下，喝下，还又借着碗底的一口汤，冲上白开水，将一碗淡淡的汤水美美地灌进肚里。工友们不约而同地向华子竖起了大拇指。明哥走过来，扑拉着华子的肚子说：

"一肚子文化。"

华子立时给以纠正：

"一肚子馒头。"

华子照着自己的肚子擂了三拳，肚子小鼓一样咚咚咚地响。他抿着嘴笑，大伙儿都嘿嘿地笑。

华子，他就是华子，方正家的华子。他就是被苗苗一脚给蹬了的华子。伍庄七队的伍爱文，工地上认识了华子。他一旁站着、看着、笑着，默默地点头。

"哼，不找咱找，拾个漏。"伍爱文心里说。

伍爱文不认识华子。伍爱文认识苗苗。苗苗的姨娘是伍爱文的邻居，苗苗来姨家，他认识了苗苗。玉凤、苗苗，苗苗、玉凤，两个人在他脑海中交替着闪。说年龄，玉凤比苗苗小一岁；说个头，玉凤比苗苗高；论长相、论行事，玉凤都在苗苗以上。这也不是"庄稼看着人家的好，孩子看着自己的好"，两个人，一个常来姥娘家，一个常来姨家，邻居、胡同里的人，私下里都这么评价，都这么说。

玉凤是伍爱文姐姐的闺女。姐姐姐夫托付他："有合适的媒，给玉凤说个婆家。"

徒骇河完工后，挖河大军又转入县里的工程，在县城的西边挖一条南起黄河、北至徒骇河的南北大干渠。挖干渠，班里没了华子的土方任务，大队里也没了华子的土方任务，整个工地上都没了华子的土方任务。华子不再掘土挖泥推车子了，而是写稿子出板报，成了营里的通讯报道员，报道营里各单位的工程进度，报道工地上的好人好事。

通讯报道员虽说不是领导，可也在营部里出出进进的，俨然一个"脱产干部"。写稿子出板报，需要跟随着领导这里看看，那里转转。一会儿这里掘两锹土，一会儿那里挖两锹泥，落后班组里有他的身影，先进班组里也有他的身影。工地上，这村那村的，认识华子的人渐渐地多了起来。

"华子，大名方华子，伍庄的，一个刚毕业的高中生。"

有一个班组，活儿验收不合格。这天上午，华子和这个班组的民工们一起，砸开粉皮厚的冰片，从渠底捞泥巴。干着干着，领导来了，喊他上岸。

来到岸上，领导说：

"洗洗脚，穿上鞋，收拾收拾铺盖，推着车子回家吧。"

啥事？华子疑惑加紧张了好大一阵子。

领导说："回家当民办教师。伍庄小学要办初中班。"

华子收拾好铺盖，整好车子，告别了房东，来到工地伙房，领了几个窝窝头和一截水萝卜咸菜，推起车子，朝着家的方向往前奔。

赶到家已是满天繁星。村里的大喇叭正一遍一遍地广播着："大家注意了，大家注意了，想上初中的同学，明天可以到学校报到啦！明天开学。今天方华子从挖河工地赶回来，明天就给同学们上课。"

伍爱文没看见华子，一问，华子回家了，昨天上午就回家了，领导让他回家当民办教师，伍庄小学要办初中班。吃过午饭，伍爱文请了假，赶到家已是摸门子黑，饭也没顾得吃，洗了洗脸，抬脚就去了一队，叩开了方家的大门。

星期天，又是玉皇庙大集。华子赶集回家的路上，走着走着，从路旁的大杨树后边闪出一个人，一个大姑娘。姑娘身段优美，眉清目秀，让人一见难忘。姑娘将胳膊轻轻一展，像一只燕子拦住了华子。华子还蒙头转向呢，姑娘说话了：

"华子哥，我是雪花。你可能不认识我，但我认识你。咱俩同岁，你的生日大，我的生日小。媒人曾到俺家给你提过亲，俺爹俺娘嫌你家日子穷，没答应。我不嫌你穷，你不穷。你念书的那些事儿我都听说过，你戴着席帽光着膀子推粪，戴着席帽扛着锄头下地，我都见过，你推着一车子地条从瓜园里走，老魁先是不让你走，后是给你拉车子，这热闹事我也听人拉过……"

雪花说着说着脸就红了起来，深情地望着华子。

"华子哥，我喜欢你，我爱你，我愿意嫁给你。"

"你……你就是雪花呀！"

华子惊得两眼好大好大。这半路杀出的爱情，弄得他不知所措，傻傻地愣在那儿。

"你……你说话呀！"

华子愣了半天，吞吞吐吐地说：

"我……我已经订了婚。"

"啊，你订婚了！啥时候订的？"雪花好一阵惊讶。

"刚订的。订了这才不几天。"

"媒人去俺家提媒也就两个月吧，从那我没见到你，听说你挖河去了。"

"从河上回来就订了。"

火一样的激情，让倾盆而下的大雨一下子给浇灭了。

雪花好后悔，后悔没去河上找华子。

抻了一阵子，她不无遗憾地说："抱一抱好吗？"

华子还有些不好意思呢，雪花已经把他抱上了，紧紧地抱上了。

华子和玉凤结了婚不长时间，大学开始招生，招收工农兵学员。招生办法是：群众推荐、领导选拔、学校复审。招生条件中有一条硬杠杠是"未婚"。不管男的女的，结了婚的一律不要。

玉凤对华子说："不是俺……你上大学了。"

"不要这样说。"华子捂住了她的嘴，"是缘分，也是命。"

七　分瓜分出了学问

　　生产队分瓜摸牌牌，摸了一阵子，又不摸了。社员们觉着摸牌牌这办法与以前那办法相比，只是先分谁家后分谁家的顺序给打乱了，哪家认领哪堆瓜也是早定了的，瓜堆上有户主的名字呢。分瓜摸牌牌，虽说是过完了秤才知道是谁家的瓜，其实，分瓜过秤时就能知道是谁家的瓜。有的很容易能知道，有的想知道也不难，摸牌牌的人是明着一个知道的。收瓜时，张三总是瞅着李四的瓜堆大，瓜也好。也许，这山看着那山高；也许，里边真的有些说不清道不明的事儿。社员东坡里耪地，哪知道西坡里分瓜的事呢？

　　办法有瑕疵，无私也有弊。

　　生产队分瓜的办法又改了。按人分瓜时，把人口数相同的户家看作一伙，从人口少的户家到人口多的户家，一伙一伙地分。一伙里有几家，就分几堆瓜。斤数一样多的瓜堆，一堆一堆挨排着。瓜堆上不再标户主的名字，分完之后，各家从各自那一伙中任选一堆。

　　开会时，队长打着比方，细说这新的办法。

　　现在队里六口人的户家共五家，按人分瓜时，这五家是一样多的，就把磅砣定在一个数上，连称五份就行。这五份一样多的瓜就集中倒在一个地方，倒成五堆，哪家要哪堆事先是不定的。社员听了都点头，觉着这样分瓜想捣鬼的也就不捣了，捣半天鬼也不一定能捞着好处，也就不捣了。

庞二嫂说话了："俺家八口人，生产队里数俺家人口多，八口人的户全队就俺一家。分瓜时说名与不说名，说户与不说户是一个样，一说'八口人'，都知道是俺家。"

庞二嫂担心的是吃亏。

队长想了想说，这事不好办。一说"八口人"，咋能让人不知道是你家呢？一说"八口人"都知道是你家。

庞二嫂说，也好办，分瓜和分地瓜那样，一人一堆，队里有多少口人就分多少堆，分完后按户抓阄，挨排着数，一家有几口人就数几堆，摊着好的就是好的，摊着孬的就是孬的，全凭自己的运气。

生产队收地瓜，男女老少齐下手，有砍蔓子的，有刨地瓜的，有摘地瓜的，收刨一天或两天就分，地瓜地里就地分地瓜。按人分时，或每人五十斤，或每人一百斤，按着一个数，一筐一筐地称。大杆秤钩着柳条筐分地瓜，队长扶秤，有抬秤的，有拿着篮子拾地瓜再往筐里倒地瓜的，称一筐倒一堆，称一筐倒一堆，地瓜地里往前赶着分，一人一堆，生产队里有多少人，就分多少堆。

西天的太阳压树梢的时候，队长一声咋呼："收工。"收了工，社员们先是向队长这边靠拢，队长指着地瓜堆趟子向大伙儿讲明分地瓜的顺序，接下来是摸牌牌，每户有一个人从队长拿着的布兜里摸一张小牌牌。小牌牌上写着阿拉伯数字1、2、3……

"1号。"队长招呼着，垡子地里迈着大步点着地瓜堆，1、2、3地数着，这家有几口人就数上几堆。"2号。"……分了1号分

2号，分了2号分3号，一号一号往下挨，一家一家地分。

队长挠着头皮想了想说，瓜少，没有地瓜那么多，那样分太零碎，太麻烦，不好分。队长让庞二嫂放心，按人分瓜时保准全队数着她家的瓜堆大。

庞二嫂笑了。

大伙儿笑了。

队长又对大伙儿说，瓜有大有小，不能个个一样大，秤上都不会少给。隔皮摸瓜，好孬也很难说，摸着好的就是好的，摸着孬的就是孬的。社员们也都说，稀里糊涂的，一个锅里摸勺子，能过得去就行。

庞二嫂会场里转动着身子，双手合十，一副多谢四方众乡亲的样子："全队八口人的户就俺一家，一说分个八口人的，都知道是给俺家分。秃子头上的虱子，明摆着嘛。给俺家分瓜时，拾瓜的都要拣好的、拣大的往筐里拾，过秤的也要让秤高高的，最好是多过上几筐。两筐算一筐，公斤当市斤，二斤算一斤。"

会场里一阵哄笑。"嘎嘎嘎"，庞二嫂母鸭子似的，笑声最响。伍二海咧了咧嘴也忍不住笑了。庞二嫂是个爱说爱笑的人，口无遮拦，大大咧咧的惯了，说得深点浅点，没人在意她。再说，当年那坛子"西瓜酱"也早成了白开水，人们都不拿着当回事了。

分瓜的办法变了，孩子们来到瓜园，看遍一堆一堆的瓜，瓜堆上没了户主的名字，找不到自家的瓜堆在哪里。五爷走过来，对孩子们说："一口人的在这里，两口人的在这里，三口人的在这里，四口人的在这里，五口人的在这里……"

五爷一旁站着，看着孩子们认领瓜堆。

"都看好了，别收错了。认准了几口人的再收，收哪一堆都行，看着哪一堆好就收哪一堆。 不要从别的堆上拿瓜。"

"小虎，你家七口人，那是六口人的，你从这几堆里收一堆，这是七口人的。"

自家几口人，孩子们都知道，都记着了。 孩子们很快就明白了，先找到自家的瓜堆所在的地方，再瞅寻一下哪一堆瓜好，把篮子口袋往瓜堆上一放，占下了。

很快，孩子们也就明白了，先到的选头大，后到的选头小。 分瓜时，孩子们拿着口袋，挎着篮子，吃着干粮，争先恐后地往瓜地里跑。

生产队六口人的户家有五家，慢慢地这些户家的孩子就明白了，第一个到的从五堆里选一堆，有五种选法；第二个到的从四堆里选一堆，有四种选法；第三个到的从三堆里选一堆，有三种选法；第四个到的从两堆里选一堆，有两种选法；最后一个到了，前边占下瓜堆的孩子们得意洋洋地指着一堆瓜说："你来晚了，就剩一堆了。"也就是说，第五个到的从一堆里选一堆，只有一种选法。

庞二嫂的孩子路上不慌不忙地走，早到晚到一个样，八口人的户家就他一家，八口人的瓜堆就一堆，没人和他抢，没人和他争。

生产队里分瓜，分的不仅是瓜，分的还有知识和学问。 生产队里分瓜，让农村的孩子早早地有了"集合"的概念，早早地就接触到了高中数学知识中的"排列组合"。 在高中数学里，排列组合是比较抽象比较难懂的。 方华子在后来的教学中觉察到，生在农村、长在农村、经历过生产队分瓜的学生，学起排列组合来，要比其他学生容易些。 有的学生因排列组合学得好，高考多得了三五分，就考上大学了，就进了本科分数线。

八　方正动辄就发火

县人事和教育部门要将一批民办教师转为公办教师，时间是一九七一年。这时华子干民办教师已有四个年头，而且干得很不错，群众中"转一个也要转方华子"的呼声很高。华子也认为自己条件不错，转正是没有问题的，可说是，老嬷嬷擤鼻涕，满把儿攥。

华子就等着，在家等着，静静地等着转正这一天的到来。在家做着转了正的美好打算：转了正，转了户口，有了粮油供应证，领了工资，去粮所打来面粉，去肉食店割上二斤肉，包包子，蒸馒头，熬肉汤，好好地招待一下家人。自己念书，让一家人吃了太多的苦，受了太多的累。和玉凤去公社领结婚证时，也没舍得进饭店吃顿饭，连两个馍馍一碗白菜汤都没舍得吃。买上半斤猪头肉，买上两沓豆腐皮，买上一瓶二锅头，让爹好好地喝上两盅。货郎来串乡时，给儿子买个小玩具。

盼，一天一天地盼，盼通知，盼转正的消息。

该有通知了？总该填表，总该政审，总该体检吧？怎么一点动静也没有呢？

这天晚上，几个人在办公室里闲拉，华子觉得曾老师看他的眼神与平日很是不一样。回到家,他对玉凤说:"转正没有我。"

"你咋知道的?"玉凤又是吃惊又是不安地问。

"从曾老师的眼神里看出来的。"

曾老师是伍庄小学的校长,和公社大院里一些人打交道挺多,有的关系很不错,是消息灵通人士。

两天后,民办教师转正的事就明出来了。转了正的都已接到了通知。转正的民办教师里没有方华子。

天真、无知!想想,华子就觉着脸上火辣辣一阵烫。填表、政审、体检,转正的一些事儿都办过去了,都大天老地明了,自己还在睡梦中。

不大的两间土屋里,玉凤炕沿上坐着,华子椅子上坐着。她看他,他看她。无奈、无助,但无泪。

"这是咋的一个事呢?公社里掘沟挖壕时,人们干着活就喊:'全公社转一个也要转方华子。'喊了半天没有你!"

玉凤纳闷不解。

华子沉默不语。

有事,这里头有事。直觉告诉华子,这里头一定有事。虽说群众做不了当官的主,但民心所向,领导是不能不考虑的,一个领导不考虑,两个领导不考虑,公社参与研究民办教师转正的领导不能都不考虑。正义不会失声。

"这事捂不住。到底是咋的一回事,早一天晚一天会传出来。"

"能吗?"

"能。"

"等传出来,事也就晚了。"

"知道事出在哪儿也好。"

儿子亮亮,褴褛中歪着头朝着窗子明亮的一边看过去,静静地看着外面的世界。

这天,也就是转了正的民办教师接到转正通知的第三天,华子接到公社文教助理的通知,让他去一趟公社大院。

啥事? 郁闷中的华子,带着一种期盼去了公社大院。他一路走着,一路盼着,盼着转正的民办教师里又有了他的名字。

进了公社大院,问着门去了刘助理的办公室。刘助理很客气地把他让到办公桌对面的椅子上。

刘助理拿过茶壶,先是倒掉壶里的陈茶,洗了洗茶壶,泡上茶,接着就洗茶杯,门后站着洗茶杯。门后有个污水桶。

刘助理洗着茶杯对华子说:"叫你来,不为别的,就为转正的事。你一定是知道了,这次民办教师转正没有你。为这,公社领导让做你的工作,怕你有思想负担。"

咦,为转正的事做我的工作,怕我有思想负担! 华子心头一阵酸楚,欲哭无泪。椅子上坐着,呆呆地坐着,默然无语。

"先说,你转上转不上,这事与我无关。我只是听从领导的安排,做你的思想工作。"刘助理怕背黑锅,不忘先说上一句。

刘助理洗完茶杯,正了正椅子,慢慢地坐下来,开始了他的工作。

"小方啊,当民办教师几年了?"

"六八年年底干的。"

"六八、六九、七零、七一,"刘助理掐着指头略略一数,说,"四个年头了。"

"是。"华子点了点头说,"四个年头了。"

"表现不错，一直表现不错。 我不是当着你的面才这样说，实事求是地说，就是表现不错嘛！ 课讲得很好，教学认真，工作踏实，群众满意，领导满意，从下到上，对你的评价都挺好。 听你的课听了不是一次了，老师们都说好。 省重点中学的学生，水平就是高。 这次民办教师转正……"

话到这里，刘助理似有难言之隐。 他摸起茶壶，倒了半杯茶，又倒进茶壶里，呷了呷，慢慢地放下茶杯。

"这次民办教师转正，名额有限，民办教师又多，公社领导考虑的不光是工作，还有……"刘助理起身满茶。

华子动壶，刘助理不让。

还有……还有什么呢？ 华子疑惑地望着刘助理。

"还有……还有……"刘助理的话变得吞吞吐吐，吞吐了一阵子，也没说出还有什么。 端起茶杯，轻轻地吹着漂浮在杯子里的茶梗，抿了一口茶。

"事情嘛——，是多方面的……"刘助理放下茶杯，拖着长音说。

华子说："我家成分是下中农，祖祖辈辈都是老实巴交的农民。 我姥娘家是贫农，姥爷和舅舅也都是老实巴交的农民。"

刘助理轻轻地摇了摇头，说："不是家庭成分的事，也不是社会关系的事，更不是你本人的事。 已经说了嘛，你表现不错嘛，干得不错嘛。"

"啥事？"

"啥事？"刘助理不好意思地笑了笑，"啥事你就别问了。 一些事不能跟你说，这是组织纪律。"

抻了好长时间，刘助理说：

"总之……小方啊，不能因为这一次没能转正，就垂头丧气，就萎靡不振，就不积极上进了。要继续干，要好好地干，要相信领导，下一次转正是没有问题的。"

下一次……下一次在哪里？

华子木然地坐着，两只失神的眼睛像嵌在眼眶里的两个玻璃珠子，一动不动，脸上的表情，除了凄然就是茫然。

"小方，中午在我这儿吃饭。"

"哦……不，一会儿就到家。"

华子回过神儿来，起身，和刘助理握手告辞。

回家的路上，心沉、头沉、腿沉。田埂上坐下来歇一歇，头脑中是挥之不去的"转正"。

"方华子，为转正的事，公社领导安排专人和你谈话，做你的思想工作，这就说明，这次民办教师转正该有你，不然领导是不会这样做的。全公社没有转正的民办教师多了，公社领导安排专人谈话、做思想工作的，就你一个人。公社领导安排专人和你谈话，做你的思想工作，这就说明，这次你没能转正，领导也觉得于你委实不公。不管下一次转正在哪里，这一次你'转正'了。"

听声音有些耳熟，谁呀？华子抬头一看，是阿Q。

群众呼声"全公社转一个也要转方华子"，结果全公社转了十个也没转方华子，有的一天课也没上，不是民办教师的也转了正。群众呼声与官场运作的巨大反差，让"事"冒着泡儿打着旋儿地发酵。

"事"很快就从公社大院里传了出来。

按照县里给的指标，转正的民办教师都定好了，就要往县里报了，公社武装部赵部长拿起笔，把方华子的名字硬硬地给划掉了。

划掉之后，顶上了他的一个哥们儿的表弟。

消息不胫而走。不胫而走的消息还带着一项特别说明：公社党委书记王凤良不同意这样做，但他做不了赵的主，赵是本地人。强龙不压地头蛇。

华子高中毕业没能考大学，回家榜起了大地，对由此而来的冷嘲热讽，方正能泰然处之，能坦然面对："都这样呢，不光咱自己。念到肚子里的书瞎不了。"华子民办教师没能转正，让他颜面无光，难以承受。屋子里，他陀螺一样打着转转，嘴里一个劲地说："瞎了，瞎了！儿子念的书，白瞎了！"

方正吸烟的次数明显增多，烟梗子末吸了一锅又一锅。儿子在他眼中变了，变成了忤逆不孝之子。他动辄就发火，对着儿子发些无名的火。

这天中午，干了半天活的方正回到家，北屋椅子上坐下抽烟，看到放学回家的方老师，肚子里的气立时就满了。在他眼里，进家的，天井里走着的，哪是自己的儿子，咋看咋是一个孽种！

进屋，华子叫了一声"爹"。

方正狠狠地吸了一口烟，啪啪啪，把没吸透的半锅子烟桌子腿上磕掉，烟袋往桌子上一拍：

"跪下！"

华子左看右看，纳闷这突如其来的断喝。

"跪下！给我跪下！"

华子乖乖地跪下了。

"原先人们都喊，公社转一个也是咱，咋就黄了呢？你是不是做了啥错事？"

方正劈头盖脸地问儿子。

"爹，您的儿子没做啥错事。没偷、没摸、没坑、没拐、没骗、没抢、没夺、没投毒、没杀人、没放火，没强奸、没爬人家的墙头……伤天害理的事一点也没做。"

"没这事没那事，转正咋没有你呢？"

"听人家说，转正本来有咱，后来让人给顶替了。"

华子诉说着，泪流满面。

"好好的咋就把咱顶了呢？"

"那顶咱的，公社里有人。"

"咋没顶别人，咋专顶咱呢？"

方正刨根问底。

"爹，人家那些人，背后都有人盯着，都有人看护着。那顶的，想顶也不敢顶，也不能顶，也顶不动。要是顶，那盯着的，那护着的就不干。咱背后没有人盯着，没有人看护着，那个缺德的看咱是软柿子，看咱好欺负，就把咱给顶了。"

"朝里有人好做官。"

方正默默地听着，肚子里的气慢慢地消了下去。

祖祖辈辈都是农民，亲的近的没有一个当官的，大官小官没有一个。自己能省吃俭用，能将洋槐叶供儿子念书，通关节走门子的事却帮不了孩子的忙，一点也帮不了，全是孩子一个人在外面闯荡……

方正右手手心朝上，做着上起的手势，对儿子说：

"起来吧。"

方正不再发火，不再说啥，椅子上坐着，头低着，异常地冷静，想不到"瓜园"里遭了贼！

华子坐在一旁的小板床上，两手托腮，泪流不止。父亲，大字不识一个，没手艺没买卖，靠种地混日子，让一家人省吃俭用供自己念书，实在是不容易。若不是供自己念书，家境不会这么贫寒，父亲不会这么苍老。华子望着明显见老的父亲，有种负罪感，深深的负罪感。

"爹，儿给您磕头。"

椅子前，华子两腿跪地，两手扶地，恭恭敬敬地给爹磕了一个头。

"起来。"

方正欠身，一手将儿拉起。

父子俩不约而同地抹了一把眼。

虽说是极力地安慰自己，可看看那些转了正的，去县里开会学习，去派出所落户口，去粮所办粮油供应，个个神采奕奕，华子就觉着自己比人家矮半截。人啊，咋叫行？咋叫不行？行的一样让不行的看了热闹。

路上行人匆匆，没人陪着掉泪，没人陪着哭泣。路还得走，挺起胸膛，迈开大步往前走。为了自己，为了家人。

九　碌碡来啦

这天，民兵连长伍小勇早早地就起来了，趁着凉快，扛起锄头，骑上车子，去了自留地。自留地里种的地瓜，该翻蔓子也该耪了。

自留地里，伍小勇翻一沟地瓜蔓子，耪一沟地瓜，一沟一沟地翻，一沟一沟地耪。

"嘟——嘟——嘟——，嘀——刚才最后一响，是北京时间八点整。"大队办公室门前那棵大杨树上的大喇叭里，传来了这经典的一响。

夏天，八点钟天就热了。

小勇将一沟子地瓜耪到头，抬起脚用鞋底擦了擦锄头上的土，将锄往地上一戳，从肩上拽下毛巾，擦了擦脸上的汗水。地头上走过去又走过来，数了数耪的沟数。成绩不小，耪了六沟子地瓜。脸上又汗水涔涔，拿毛巾又擦了一下脸，扛起锄头，骑上车子往家走。

往家走的时候，社员都下地干活了，大道上、村子里，过来过去的人不多。大队干部，大队里给开着常年工分，生产队里的活一点也不干，干自留地里的活，得注意影响呢！下地、回家，都得把好钟点。

　　老婆下地干活了，孩子上学了，早饭留在锅里。地瓜面、玉米面、豆面，三合面的窝窝头，小米饭汤，半碗炖豆角，还有放上油蒸熟了的水萝卜咸菜。小勇吃了个半饱就不吃了。经验告诉他：早饭不要吃饱。

　　小勇吃过早饭来到大队办公室。办公室里不见人。都干啥去了？去自留地里干活也该家来了？去公社开会？会是下午三点的，没听说上午有啥会。检查？没说要下地检查。一个一个，狗吃麸子不见面，都哪儿去了呢？去卫生室问保健员，小鹿说："不知道。刚才还都在这儿东扯葫芦西扯瓢呢，这一霎能去哪儿？"办公室里，小勇坐了半个小时，仍不见来人，有些沉不住气。

　　西南风，风不大。小勇去了庄子东北角。从庄子东北角开始，一条胡同一条胡同，走街串巷，向着庄子西南角拉网式地寻过来。

　　"小勇，忙啥了？"

　　"找书记。公社有个紧急会议。"

　　"书记？没见他。"

　　"小勇，去哪儿？"

　　"找书记。公社有个紧急会议。"

　　"找书记？书记刚才还在大街上呢。"

　　小勇猫儿似的，从一条胡同出来，又拐进一条胡同，一条胡同一条胡同地排查。功夫不负有心人，他闻到了鱼香，一种油炸小海鱼干的咸香味扑鼻而来。他停下了脚步，迎着风，抽动着鼻子，仔细地嗅了嗅，认真地研判了一下，锁定了香味的源头。他径直走进一条胡同，来到一家大门前，重重地咳嗽了两声，接着就放慢了脚步。

"小勇……"

背后有人喊。回头看，喊他的是有才。

"找你找不着，你干啥去了？家里锁着门，也没在办公室。"

"找我有事吗？"

"来，家来，家来……"

家门口，有才微笑着，轻轻地招手，轻轻地喊。小勇还是站在那儿。有才向前，拽起他的衣袖就往家拉。

"我还有事呢，我还有事呢。"小勇嘴里这么说着，身子稍稍往后趔着，心里却是乐滋滋的：中午小酒又喝上啦！

"啥事？有事过后再处理。"有才回过头来，嘴巴贴近小勇的耳朵，说，"碌碡来啦！大队一伙人都在这里呢。"

"噢，碌碡来了！"小勇身子不再后趔着了，跟着有才往家走。

小勇进屋，碌碡起座，两个人先嬉笑着握了握手。

小勇："今天风不大呀，想不到能把碌碡刮了来？"

碌碡："风不大，顺风啊。"

有才笑了，对着小勇说："没啥事，闲玩。碌碡说好长时间没来了，来看看他姑姑。借着这个机会，喊你们过来一块玩玩。"

碌碡管有才叫姑父。

酒桌已经拉开。一张方桌，坐北面南两把椅子，上首是碌碡，下首是书记。桌子两旁各放了一条长凳，大队长、大队会计、治安主任都坐长凳上。大队会计拍了拍空着的半截长凳对小勇说："座位给你留着呢。"

碌碡姓石，碌碡是他的小名，人称"石磙子"，玉皇庙公社税务所所长。石所长大名叫什么？不得而知。人们都叫他石磙子。村里的大队干部叫他石磙子，机关单位里的人也叫他石磙子，一次公社开脱产干部和大小队干部会，刚来乍到的公社书记会上喊他石磙子，他也郑重其事地答"到"，只是那次引来一阵哄堂大笑。

人们都叫他"石磙子"，想必石磙子就是他的大名。姓石，小名碌碡，大名石磙子，名副其实。挺配套，挺好玩的。

石磙子三十岁出头，中等个儿，挺结实，挺干练的，在玉皇庙公社人缘极好。干着公社税务所所长，这么好的工作，这么大的官职，没有一丁点儿架子，到哪儿都随和，打打闹闹，说说笑笑，天生一个自来熟。石磙子，就像一个真实的碌碡，轧麦子、轧谷子、轧豆子、轧高粱……轧啥都行，吱吱呀，吱吱呀，轧遍千场都是笑。

人熟是一宝。

喊"石磙子"喊得最响、最有水平、最有味道的，当数玉皇庙公社各村里的大队干部。后来姓氏也去了，干脆就喊他"磙子"。所长下村公干，比如查油坊、查粉坊、查轧坊，男大队干部喊他"磙子"，有的女大队干部也"磙子""磙子"地喊他。村子里能这么喊他的人，都有一种与众不同的自豪感。

油坊的会计领着一个小伙计来了。小伙计推着太平车子。太平车子两边的柳条筐里有面粉、花生油、肉、烟、酒、茶叶，还有黄瓜、豆腐皮、油炸花生米，刚出锅的猪蹄子、猪耳朵、猪心、猪肝、猪肺、猪大肠什么的。有才帮着把筐里的东西一样一样地拾出来，筐箩里放着，好大一堆呢。有才留两个人喝酒吃饭，会计说"忙",放下东西就走了。

有才没入席。老婆整菜、切菜、炒菜,他看火烧锅、端盘子上菜。

席上,小勇管着满酒也监酒,治安主任管着满茶倒水接盘子传菜。

开始上菜了。小勇将酒盅子散开,每人跟前守着一个。一边散着盅子一边说:"盅子不大,豆皮儿似的。咱一次一干。"

给所长、书记、大队长……挨个儿满上,最后给自己满。监酒发话了:"端起来就干。都得喝它个黄鼬拉鸡,'嘎嘎'的。滴酒罚三杯。"

干了就满,满上就干,连干了三盅,才动筷吃菜。又所长、书记、大队长……一个一个依次满了起来。

"咱来个四喜发财。"

监酒话音一落,站了起来,端起酒盅,环顾众人,酒盅到口,啊的一声,干了。杯底儿朝上,以示众人。

"干了,都干了,统统都干了。滴酒罚三杯!"

都干了。

盅子不大,豆皮儿似的。

接下来是找对儿,各找各的对儿。远来的是客,书记先跟所长碰杯,每人喝上两盅。再是大队长、会计、民兵连长、治安主任,一个一个都要和所长碰杯喝上两盅。有的还要再来一盅,谓之感情加深酒。一个人和所长搭对的当儿,大队里的其他人也要两个人两个人碰杯。咋喝也是喝,喝酒碰杯,要的是一种情谊,图的是一个热闹。

变着法地喝。

接下来是划拳。捋起袖子，胳膊肘儿支在桌子上，两眼盯着对方的拳。"两好不错呢！""七是个巧呢！""满福寿呢！""六六大顺！""八仙八仙！""宝拳一对！"

划拳行令，输了的喝酒，端起盅子，一饮而尽。

盅子不大，豆皮儿似的。

划拳行令，一溜儿三盅酒桌子上摆着，谁输了谁喝，要是一个人连输两拳，第三盅酒胜者端起来陪着。也就是说，不管咋划，三盅酒，一个喝两盅的，一个喝一盅的。划了这三盅就是那三盅，划拳行令，下酒也挺快。

六个人，三盘架子划，你方收拳我开掌。号声震天，一听老远。前道上的树底下，人们窃窃私语："有才家的娘家侄又来了，所长呢！大队一伙都陪着呢！"

菜上齐了。火屋里，碌碡姑坐着木头墩子烧水。火屋门口，有才坐着小板床听北屋里划拳，水开了他就提着燎壶去北屋送水。

北屋里，烟雾萦绕，觥筹交错。一雯这个，一雯那个，个个红着脸，吐着酒气，跟跟跄跄地出进。

过道西是有才的闲园子。闲园子里有柴垛、猪圈、厕所，还有一棵老榆树。有才每年都在闲园子里种一架丝瓜。看看响午多了，碌碡姑让有才去铰两支丝瓜。有才拿着剪子去了闲园子。

闲园子里已是酒气熏天，猪圈旁狼藉一片，不知谁已经亮了菜谱。一旁躺着两条醉了酒的狗。那狗见来了人，身子一动一动的，想起来，却是起不来。一只猫见来了人，吓得要爬树，爬了三爬，没爬上去，咪咪地叫着，醉在了榆树下。

有才去北屋送水，治安主任门口递给他一只空盘子："再上盘猪耳朵。"

笸箩里还有一片猪耳朵，那是有才留着自己吃的。有才让老婆拼上大葱，上了一盘猪肺。一个一个都喝得狗熊不认铁勺子了，上啥菜都是一个样。

"还喝，还喝！"有才心里说。

看着酒瓶空出一个又空出一个，看着笸箩里的菜一盘一盘端上了酒桌，有才心疼。东西进了他家就是他的。这个碌碡！有才那个急呀！急得要跺脚。在姑姑家让一伙人猛吃猛喝猛抽，傻蛋一个！他觉着碌碡这阵儿"玩"得没水平。他后悔，不该拿出小酒盅子，盅子小反倒让他们喝得更猛了。

依照酒席上的规矩，"不喝了"这话得碌碡说。碌碡是客人，又是吃国家饭的，还是税务所的所长，碌碡不说，别人不好意思说。

"你去跟碌碡说，别喝了，喝多了难受。"有才小声对老婆说。

"大队一伙人在场，这话我能去说吗？"碌碡姑眼一眨巴，对男人说，"去问问他们，吃啥饭？"

"吃啥饭？"有才来到北屋门口问。

书记看了会计一眼，说："去拿几斤馍馍。"

会计对有才说："去，去拿几斤馍馍。"

"几斤？"有才问。

会计席上扫了一眼，说："六斤。"接着又改口道："七斤，七斤。"

伍庄卖馍馍的就三麻子一家。一说拿馍馍，就是去三麻子家。三麻子兄弟四个，他排行老三，儿时得天花落了一脸浅浅的麻窝，都叫他"三麻子"。三麻子卖馍馍，在家里偷着卖，却是阁庄满院都知道。老两口抱着把棍子推磨，磨面蒸馍馍卖馍馍。赚麸子，赚黑面，赚吃黑面馍馍。小本经营，工商税务都是睁一只眼闭一只眼，不管。

有才领命，颠颠地去了三麻子家。

"要七斤馍馍。记账。"

一次要七斤馍馍，这让三麻子喜得没法。

"来亲戚了？"

"税务所里那侄子来了。大队一伙都在那里呢。"

"记账，记谁的账？"

"大队会计让我来拿，记大队的账。"

"你先走着吧，我随后就送去。"

有才回到家，来到北屋门口，刚说了"馍馍随后就到"，三麻子用笼布兜着热馍馍后脚已经赶了来，北屋门口冲着大队会计抖了抖沉甸甸的兜子说："馍馍，七斤馍馍。"

大队会计说："给有才就行。"

有才接过馍馍兜子，提着去了火屋。碌碡姑将馍馍倒进簸子里，把笼布给了三麻子。三麻子拿着笼布走了。

两盘馍馍，六碗鸡蛋汤，很快就端上了桌。

书记看一眼石碡子："咱……咱吃饭？"

石碡子："吃……吃饭。"

书记看一眼小勇，对着一席人发话："满……满起来。都……都……各……各扫……门……门前雪。透了吃……吃饭。"

吃了饭已是下午一点半。大队长、会计、治安主任都各自回家睡晌觉。书记、民兵连长和石碡子三个人喝了一会儿茶，醒了醒酒，骑上车子一块去公社开会。

走出村子，远远地望见第一生产队的瓜园，三个人便拐了一个弯。 瓜园的小道上，书记在前，石磙子在后，三个人推车子，一溜儿朝瓜棚走去。

三个人瓜棚旁支下车子，来到瓜棚前。

"坐下，你们坐下。 抽烟，抽烟。"

五爷撑子上起来，说着，将烟袋放在小桌上，去了西瓜地。

不大霎，五爷抱着一个大西瓜，小心地从西瓜地里走过来。来到书记跟前，一手托着西瓜，一手轻轻地拍打，说："这个西瓜熟得挺好。"

瓜棚前，三个人蹲着，吃下一个大西瓜。 吃着西瓜，所长一个劲儿地说，"这西瓜好吃、这西瓜好吃"。

西瓜醒酒，西瓜解渴，西瓜利尿。 三个人的膀胱很快就充盈起来，不约而同地去了瓜地边，一字儿排开，哗哗地撒了一泡尿。

书记想给所长摘几个西瓜带着。 五爷心里一百个不情愿，又不好明着拒绝，看着瓜棚旁边停着的三辆车子问：

"有口袋吗？"

"没有。"

"没有口袋咋拿？"

书记问五爷："你这里有口袋吗？"

五爷说："没有。"

瓜棚里的铺底下倒是有一条口袋，五爷不想拿出来。 五爷心里说："吃了还再拿着……拿了西瓜去，口袋也搭上了。 你们和公社里的官有联系，我一个种地的老农民和公社里的官有啥联系？他当他的官，我种我的地，他不关我种瓜的事。"

民兵连长说："想着，再来时带着口袋。"

五爷轻轻地哼了一声。

石碌子的车子横梁上搭着帆布褡子。书记说:"没有口袋,就摘两个甜瓜吧。"五爷问:"放哪儿?"书记说:"放车子褡子里。"

五爷摘了两个大甜瓜。

书记从五爷手里接过大甜瓜,放进石碌子的车子褡子里。放好后整了整车子褡子,说:"正好,一边一个,不偏沉。"民兵连长凑了过来,扳了扳石碌子车子后椅架上的弹簧夹,说:"后椅架上能放个西瓜。"经小勇这么一提醒,书记和石碌子也都觉得车子后椅架上能放个大西瓜。石碌子说,他去学校篮球场打篮球,就是把篮球放在车子后椅架上,后边让弹簧夹夹着、压着、往前抵着,前边让鞍子挡着,挺牢稳的。三个人都说,能放个篮球,放个西瓜就没问题。

书记扳着车子后椅架上的弹簧夹说:"五爷,再摘个西瓜吧。摘个大的。"五爷尽管心里不乐意,还是摘了一个。

民兵连长接过西瓜,像放篮球那样将西瓜放在了车子的后椅架上。石碌子摸了摸,感觉挺牢稳的。五爷一旁站着,看着,心里说:"西瓜不是篮球。放篮球行,放西瓜不行。走起道来就知道了。"

三个人推起车子,高高兴兴地走了。石碌子一手扶着车子把,一手摸着后椅架上的大西瓜。快要出瓜地的时候,书记说"上车",三个人就齐刷刷地骗腿上车子。石碌子骗腿时,摸着西瓜的手离开了西瓜去抓车把,车子一歪斜,西瓜啪的一声落在地上,摔了个碎,瓜瓤瓜汁摊了一地。

五爷循声看过去,嘴里啧啧有声:"看看,一个大西瓜瞎了!"

小勇招呼五爷。

五爷拿着盆子朝地头走过来。

三个人骗上车子走了。

五爷收起地上的烂西瓜。西瓜是不能吃了,但可以把西瓜子淘出来。

石磙子的车子褡子里一边一个大甜瓜,鼓鼓的,不方便蹬车子,他就两腿劈拉着蹬。对面走过一老一小祖孙俩,爷爷在前,孙子在后,"爷爷,爷爷……"小家伙也就十来岁,紧追了两步,拉起爷爷的手,让爷爷回头看。"你看看,你看看……那个人长了两个大蛋,骑车子劈拉着腿。"

玉皇庙一带,人们管疝气叫大蛋。小家伙两手比画着,一个蛋有茄子那么大。

第四章

|一| 考上了那就上吧

"能考上吗?"考完试回到家,玉凤又是关心又是担心地问。

"能考上,我觉着能考上。一个公社这么些人参加高考,真格的了,还能一个也考不上吗?全公社考上一个,也该是我。"

华子安慰家人,也是安慰自己。他静静地注视着窗外,默默地向天祈祷。

一九七七年全国高考是在冬季进行的。这次高考,积十二年(一九六六年至一九七七年)高考于一次,可谓史无前例。报考人数之多,前所未有。有报道说,因报考人数太多,致使印试卷所需纸张不足,竟动用了印《毛泽东选集》的纸。

是啊,光蒙着头子报名参考了,能考上吗?妻子的问话让他好生后怕。

报名参加高考,对华子来说真的是一步险棋。金榜题名,考上大学固然是好;名落孙山,考不上,下联难对。因为在这之前,他已经被招收为代课教师(代课教师,每月工资三十元,不转户口,不吃商品粮),已经在县里的国办高中任数学课老师了,高考要是考不上,将无颜面对学生,再站在高中教室的讲台上讲课,底气不足。参加高考没考上和没参加高考,对华子来说,已经不是一码事。

屋里静静的。华子椅子上坐着，静静地坐着，静静地想——

高中毕业回到家，耪过大地，挖过河，民办教师干了近十年，难得的一次民办教师转正，公社都定好了，就要上报县了，被人顶了。世间的活儿，最是教书不能偷懒耍滑，教师面对的是学生，所受不公不是来自学生，学生没有错，教书偷懒耍滑，受害的是学生，那是误人子弟的。虽说没能转正，却是一直不泄劲地干。县里将自己招为代课教师，就是对自己工作的认可。代课教师向着公办教师迈了一步，可说迈了一大步，下一步转为公办教师是没有问题的。好好地干，等着就行，转为公办教师只是早一天晚一天的事。哎，想不到，当了代课教师，曾经让人窝心的事又来了。

换粮票难。

当民办教师，在家里吃，在家里住，吃好吃歹都行，吃个地瓜面子窝窝头喝碗凉水一样去学校上课。当代课教师了，吃住在学校，事就不一样了。虽说是吃馍馍，心里却是不好受。没有国家的粮食供给，吃馍馍，得向学校食堂交粮票。粮票哪里来？得拿粮食去粮所换。家里没有那么多玉米、高粱、谷子之类的粮食用来换粮票，光用地瓜干换粮票又不行。

下了课，去粮所换粮票，办公窗口递上介绍信，轻轻一声喊：

"同志，换粮票。"

玉皇庙粮所管着换粮票的是个二十四五岁的小伙子。小伙子小个子、小脑袋、小眼睛，人长得有点黑，胖乎乎的，脖颈在阳光下闪着油亮的光。人们都叫他"小黑"。

小黑同志喝下一口肉汤，咬一口馍馍（不到下班时间，粮所食堂就卖饭。小黑已经打了饭来,办公室当餐厅,办公桌当饭桌,大口大口地吃上了),忙碌中接过介绍信略略地看一眼,把介绍信放在桌子上。左手拿着馍馍,右手握着筷子,不情愿地走出办公室。绷着的脸,像个紫茄子。

来到仓库,打开重重的仓库门,咬一口馍馍嘴里嚼着,眼瞅着磅秤,用筷子拨拉游砣。一边吃着大白馍馍一边办公,职业的优越感尽在脸上。

先称玉米,后称地瓜干。

"地瓜干多。"

"也就多二三斤,给过上吧。"

"不行。"

"同志,照顾照顾给过上吧。"

"少啰嗦,倒出来。"

乖乖地从磅秤上的袋子里往外抓地瓜干。在小黑的注视下,一把一把地往外抓。此时此刻,讲台上讲课的神采和为师的尊严,荡然无存。

当学生时为了换粮票没少受制于人,那是为了求学,没有办法的事。现在当教师了,为了换粮票再受制于人,着实有些憋气。

受制于人受够了,一天也不想受了。

新闻广播里传来国家恢复高考的消息。对"老三届"年龄放宽,婚否不限。好,报名参加高考。

曾经的考大学,考名牌大学,曾经的比天还高的理想,成了考一个铁饭碗,谋一个正式工作,争得一份尊严。

考不上咋办?考不上咋有脸再走进高中课堂给学生上课?报

名时，真的没往这儿想。

一天，华子上完课，回到既是办公室又是宿舍的小屋里，放下教本和教案，洗了洗手，刚坐下，校长跑了来。

"方华子，电话，接电话。"

华子跑到校长办公室，抓起听筒：

"喂……"

电话是县招生办公室打来的，让他去拿录取通知书。

还好，考上了。

谢天谢地，谢谢自己。

华子站在门槛上，仰头看天，明朗的天；俯首看地，宽厚的地，情不自禁，双手合十。小屋里，华子面对着镜子，整了整衣领，立正站好，恭恭敬敬地给自己敬了一个礼。渐渐地，泪花模糊了双眼。此时此刻，华子自己也搞不清，是哭还是笑。中午，从食堂里买了一份有肉的白菜粉条豆腐汤。

如果不是后来扩招又考上了两个，玉皇庙公社在一九七七年高考中，还真的就是考上方华子一个人。

华子去县招生办公室拿录取通知书时，顺便去了教育局，算是上学前的礼节性告别吧。一进办公室，张局长就笑着对他说：

"再告诉你一个好消息：县里已经研究了，马上就要将你转为公办教师。"

张局长拖过一把椅子，让华子一旁坐下，给华子满上一杯茶，设身处地地对华子说："还真得好好地掂量掂量呢，这个大学是去上好呢，还是不去上好？去上呢……要是不去上呢，马上就转正。"

张局长笑眯眯地看着华子。

生活中有选择是好事，但选择本身也是挺劳心、挺累人的。稍坐，喝下一杯茶，短暂的思考中，华子想到了法国哲学家布里丹笔下的毛驴，于是对张局长说："既然考上了，那就上吧。"

见到儿子的大学录取通知书时，方正眼里含着泪。老人家椅子上坐着，轻轻地揉了揉已经花了的双眼，手从脸上慢慢地滑下，舒心地将了将因牙脱落而凸显的下巴。

考上了大学，给已是古稀之年的父亲带来了一点精神上的安慰，这让而立之年的华子，稍有心安。

|二| 一中来了个方老师

一九七七年的新生入学，已是一九七八年的三月份。

三月里春光明媚，万物复苏，时隔十年，华子又一次踏上了求学的路。来到学校一看，全班同学都已是而立之年，男生都已当上了爸爸，女生都已当上了妈妈。大学生，名副其实的大学生。有人说，老三届考生不管考分高低，达到录取分数线的，一鞭赶，统统拢进了师专。

老牛自知夕阳晚，不用扬鞭自奋蹄。

师专两年的学习生活很快就过去了，毕业实习时，听华子课的老师堂堂爆满，有年轻教师，也有老教师，实习所在县的教育局局长也来听课。华子的实习课，成了观摩课。

实习结束时，数学系举办宴会，答谢实习所在县的领导们。宴会上，县教育局局长向数学系领导提了一个要求：将方华子分配到他们这儿来。系领导干干脆脆地说："这是不可能的事。"

毕业前，华子得到一个消息：数学系留一个也要留方华子。

一天，华子去了数学系党支部书记的办公室，消息从杨书记的口中得到证实。杨书记告诉他："留一个也要留方华子，已经成为系领导和老师们的共识。"华子先是对领导和老师们的赏识、器重深表感谢，接着对杨书记说，家有年迈的父母和未成年的儿女，学校离家又远，不想留校任教，想回原籍。

数学系开教师会，会上领导公布了留校生名单，名单上没有方华子的名字，老师们就问："不是留一个也要留方华子吗？方案咋又变了呢？是不是因为他县里派人来要他就不留他了？"杨书记解释说："是方华子不同意留校。不是因为他县里派人来要他就不留他。他县里派人来要他不管事，是他自己要求回原籍。"

回到原籍，方华子去县教育局报到时，顺便向领导提出一个要求：去玉皇庙，去伍庄，去乡村故土，去站土台子，去教"泥孩子"。

华子认为这个要求不大，领导一定会答应的。

张局长实实在在地对他说："伍庄不能去，玉皇庙不能去，哪里也不能去，就去一中。县里派人去师专好不容易把你要回来……"

张局长说到这里，华子禁不住一个愣怔。

"怎么？县里派人去师专要你，这事你不知道？"

华子轻轻地摇了摇头，说："不知道。"

"县里需要你，一中需要你。怕你分不回来，县里就派上人去师专要你。"张局长抻了一霎又说，"按说，这事不该对你说。"

"把你要回来，不是让你去伍庄，也不是让你去玉皇庙，不能大材小用。把你要回来，就是让你去一中。"张局长笑眯眯地看着方华子，慢悠悠地说，"去一中，伍庄的学生你能教着，玉皇庙的学生你能教着，全县的学生你都能教着。"

华子坐在那儿，手不停地搓动着。

张局长说："有什么困难提出来，能解决的咱尽量解决。就是不能去伍庄，不能去玉皇庙，就去一中。"

"一中来了一个方老师……"

人们兴致勃勃地谈论着方老师的数学课：风趣幽默，言简意赅，一语中的，把个高中数学讲得津津有味。这些人中，有学生，有学生家长，有机关工作人员。

学生，教室里听过方老师的课。学生家长，饭桌前听孩子说过方老师的课。机关工作人员，办公室里听人拉过方老师的课。学生家长，机关工作人员，也都拉得声情并茂，津津有味，一个一个，像是教室里亲自听过方老师的课。

田间地头上，乡亲们又谈论着方正和方华子；农家小院里，家家饭桌前，乡亲们向孩子讲述着方华子的故事；乡亲们，以方正为榜样，为了供儿女念书不辞辛劳。

读书无用论随着高考的恢复一扫而去。上高中、考大学成了人们的热门话题。考上大学的，家里放鞭炮，演电影，说书，唱戏，摆席设宴招待亲友。家家望子成龙，望女成凤。念书成了平民百姓走向成功、出人头地的门路。

刘小末考上了大学。刘一仁逢人就"眼光""眼光"地夸奖华子，说华子"有眼光"，说"华子早就看出小末是个大学生苗子"。

华子高中毕业回到家时，小玲辍学也就半年，他却没能让小妹妹复学，他不好原谅自己。

三　华子路遇老搭档

一个星期六的下午，华子骑车子回家，来到玉皇庙街头，正是人收工、鸡钻窝、牛羊进圈、鸟儿归林的时候。大地上是日落天黑前的一阵匆忙。

"方老师家来了。"

玉皇庙街头，一个人见了方华子远远地就下了车子，朝着方华子大步走来。

谁？疑惑中，方华子礼貌地下了车。

那人已经走近，左手握着车把，右手向着方华子伸了过来。

"方老师，你好！"

谁？似曾相识的面孔，似曾熟悉的身影。星期六回家，星期天返校，家来家去的，道上好像遇见过这么一个人，遇见不止一次，大体也是在这个地方。两个人握着手，华子还是想不起是谁，仔细地端详了一下，恍然大悟地"噢"了一声："你……你是张……张所长。"

华子搞不清这些年对方已经混到什么级别，就拣着他所在单位最大的官职称呼他。

"叫我……叫我老张就行。"

这个老张不是别人，正是华子的"老搭档"。华子上高中时，玉皇庙粮所里管着换粮票的那个张存义。那时人们都叫他小张，二十年过去了，小张成了老张。

沉默，短暂的沉默中，两个人脑海里闪现的都是二十年前粮所里上演的一幕，一幕又一幕：一个从粮所院子里往外走，脖子歪着，眼睛瞪着，愤愤不平："小子，瞧着，要是有一天犯到老子手里，轻饶不了你！"一个粮所办公室门槛上站着，轻蔑地笑着："哼，叫花子咬牙发穷狠。老子犯到你手里？半边铃铛，咋想（响）来！"

俗话说，两座山碰不到一块，两个人能碰到一块。这不，二十年后，两个人在玉皇庙街头，在各自回家的路上，碰到一块了。

"方老师，不好意思，真的不好意思。当年换粮票时，没给你提供方便，现在回想起来，有点不该，着实不该。"

方老师淡淡一笑，说："是啊，那时候换点粮票太难了，就盼着你能照顾一下呢。你就是不照顾。唉，事都过去了，困难都过去了，早就不想那些事了。再说，怎么兑换粮票，粮所也是有规定的。"

"粮所是有规定，可政策是死的，人是活的……那些人换粮票都照顾了，就是没照顾你们这些学生。"

华子笑了。

老张的脸，红一阵白一阵的。

老张说的"那些人"，有公社大院的人，有供销社的人，有社办工业的人，有公社卫生院的人，有公社肉食站的人。这些人换粮票都得到了他的照顾。粮食好点孬点都行，甚至土坷垃也当粮食过上；粮食和地瓜干也不用按比例来，地瓜干多甚至光地瓜干也行；过秤让秤低低的，给的粮价高高的。 这些人有用处。 公社大院的人神通广大，有用处那是不用说；供销社的人能帮着买茶叶，买白糖，买红糖，买暖瓶，买这样那样的紧缺商品；社办工业的人能免费给家里修整锄镰锨镢；公社卫生院的人能帮着开紧缺的药；买肉时，公社肉食站的人能给割点好肉，卖猪时，公社肉食站的人能给个好价钱。 学生，穷学生，一点用处也没有，所以就不照顾学生，就刁难学生。 学生换粮票，先得仓库外将粮食过一遍筛子，有土不行，有杂草不行；秤过得高，粮价给得低；地瓜干是多一斤多一两也不行。

"都怪那时穷，物资紧缺。"

"方老师……你，你算是说对了。"

老张很是有些自责，说："那时……那时自己也是年轻，社会经验不足。 现在想想，最不该刁难的是学生，最该给以照顾的是学生。"

现在的老张，那时的小张，那时，他哪敢去想，一个学生，一个不认不识来粮所换粮票的穷学生，二十年后竟然是孩子的老师。 老张动情地、心有愧疚地望着方华子，说出了几年来心里想说又不想说的事。

"方老师，你是我儿子的老师。"

"知道。"

"你知道？"

"知道。 给你儿子上课时就知道。 你儿子名叫张凯。 他还是我的数学课代表呢！ 你儿子考上了天津南开大学。"

老张一个劲地点头。 他没想到，方老师竟知道张凯是他的儿子，而且是给张凯上课时就知道了。

"谢谢你！方老师。"

"别客气。"

"多亏了你呀！方老师。高考，数学120分的题，张凯得了118分，差2分满分。谢谢你，真的谢谢你！"

"别客气。教书育人是老师的职责。"

"方老师，张凯对你的评价很好。回到家就说起你。说你教学认真，对学生关心。说你数学讲得很好，听你的课简直就是一种享受。"

"学生过奖了。"

"……"

"……"

"方老师，天不早了，咱以后再拉。"

老张握着方老师的手，顿了三顿，大有"早知今日，何必当初"的遗憾。两个人骑上车子，一个往西，一个往东。

华子沉稳地蹬着车子，一边走一边想："老张也是个实在人，换粮票的事，多少年过去了，能有这么一句抱歉的话，也就很不错了。实属难能可贵。"

"方华子。"

玉皇庙大街上，走着走着，忽听背后有人喊。下车，回头看，不见有人，以为听错了，低头调正了车踏脚，刚想上车，又听得一声"方华子"。没错，就是有人在喊。

"方华子。"

他循声望去，在一家店铺门前一张笑脸向着他。

苟盛！是苟盛在喊。

华子踅回车子，来到店铺前。

"家来了?"

"家来了。"

一阵寒暄之后,苟盛让华子店里坐。

"天不早了,不坐了。"

华子望了一眼店铺匾额,禁不住叫道:"好! 这店名起得不错。 天津有'狗不理包子',玉皇庙有'狗剩扒鸡'。"

嘿嘿,狗剩不好意思地笑了笑,说:"刚开业,刚开业。 还行,买卖还算不错。 到城里给做个宣传。"

"那是。"

华子又看了一眼匾额,说:"到城里一定要为街坊好好地宣传宣传。"说着推起车子又要走。

"等等。"狗剩说。

狗剩家的拿着一只包装好的扒鸡从店里走出来。

"拿着。"狗剩说。

华子推辞,不拿。

"拿着。"狗剩大嘴巴微微张着,眼里热泪含着,那诚心诚意的口气容不得华子有半点儿推辞。

华子拿出钱包掏钱付款。

狗剩按住了他的手。

"不是这个意思,不是这个意思。"狗剩说,"这鸡不是给你的,是给方正叔和婶子的。"

狗剩让华子到家把鸡交给老人。

盛情难却。 华子接过鸡,放进车子把上挂着的人造革兜里。

"有啥事吗?"

"没啥事。 开扒鸡店了,给老人一只扒鸡尝尝。"

华子向苟盛道了谢，骑上车子往家走。 出了大街，还是一轮一轮地蹬，慢悠悠地骑。 一边走一边想：世上没有无缘无故的恨，也没有无缘无故的爱……狗剩为啥给一只扒鸡呢？ 不一名不一姓的，两家隔着半截庄子，倒是正常的街坊处着，却是非亲非故，没啥特殊关系。 再说，爹娘岁数都大了，给街坊们也帮不了什么忙，狗剩为啥给一只扒鸡呢？ 华子百思不得其解。

低着头光想这事了，没往远里看，慢悠悠地，盲骑了好长一段路，差点儿撞上一辆迎面走来的牛车。

那赶车的倒是远远地看到了华子，也不喊牛避让，径直往前走。 及近，才勒了一下缰绳，差点儿让牛和华子撞个满怀。

吓了华子一跳。

牛车停住了。

华子下了车子。 推着车子往旁边一闪，避开牛车往前走。

赶车的手按着车盘，两腿一伸，从车上轻巧地下来了。

"家来了。"

华子一个愣怔。 一看是雪花，赶紧支下车子，向雪花这边凑过来。

两个人手握着手，面对面地站着。

晚霞映在雪花的脸上，很美。

"挺好的？"

"挺好的。"

"挺好的？"

"挺好的。"

这次相遇还是两个人拥抱的那个地方。 路边的一排大杨树已经采伐了，地里新长起来的是桃树、梨树、苹果树和山楂树。

233

两个人手握着手,久久地握着,温情脉脉……

两个人这是干吗呀? 老牛有些不解,回头看看,回头看看。等得有些不耐烦了,抬头一声"哞——"。

华子松开了雪花的手,深情地说:

"天黑了,回家吧。家人等着。"

到了家,华子从兜里掏出扒鸡放在桌子上,对爹娘说:"苟盛给了一只扒鸡。"

"狗剩给的?"

"嗯,苟盛给的。"

方正看着桌子上又肥又大的扒鸡,闻着喷喷的肉香,对儿子说:"狗剩两口子起早贪黑地干,挺不容易的。从街上过去,给人家留下钱。"

华子说:"我给他钱他不要,给他好几遍,他就是不要,说啥也不要。他说这鸡是特意送给你和俺娘的,让老人尝尝他做的扒鸡。"

不这不那的,他为啥给一只扒鸡呢? 方正低着头想了老半天,也没想出狗剩为啥要送一只扒鸡。

蓦地,华子娘想起了那只芦花母鸡。

"方华子家来了。"

"家来了。"

伍二洪朝华子走近。

华子问候伍二洪:"挺好的?"

伍二洪没按老一套出牌,没说"挺好的",啥话也没说,他停住脚步,在华子近前站着,一动不动,表情有些木然。

这是华子上一次回家，在大街上遇见伍二洪的事。今天对娘说起这事，娘说："他老婆死了。"

"怎么死的？"

"喝药死的。"娘又说，"打死的。他打死的。好好的一个人硬硬地给打死了。"

伍二洪的老婆去玉皇庙买"乐果"治蚜虫，回家的路上把一瓶子药挂在车把上，道上一颠，拴药瓶子的小绳子断了，药瓶子掉在地上，砸在一块小砖头上。瓶子破了，一瓶子药瞎了。回到家，二洪就吵她，骂她，打她，往死里打她。

"二洪啊，看在夫妻一场，看在孩子的面上，你就饶了我吧，我还不值一瓶子药钱吗？你往死里打我……"

老婆求饶，他还是打。

二洪心疼，心疼那一瓶子药钱。

可能是打人打得手疼了，一扔棍子气呼呼地出去了。回来一看，老婆地上躺着，嘴里泛着白沫，旁边有个"久效磷"瓶子。赶紧套上小驴车，拉着去医院，道上打着驴子飞一样地跑。到了玉皇庙医院，医生戴上听诊器听了听，看了看，将听诊器往脖梗上一挂，说："人已经不行了。"

四　五爷寿辰叙衷肠

土地承包了，按人分包到户。

人们还是日出而作，日落而息。不大轰隆了，各干各的了。各家有各家的小安排，八仙过海，各显神通。人们也说也笑地下地，也说也笑地回家。干活休息时，这个看看那个地里的庄稼，那个看看这个地里的庄稼，对比着，评论着，谁家的庄稼好，谁家的庄稼歹。

生产队不生产了，生产队的影像还在。伍庄一队、伍庄二队、伍庄三队……还是伍庄一队、伍庄二队、伍庄三队……

当初村里分生产队时，哪个生产队有哪些户家就定下来了，这些户家耕种的土地也就定下来了，这些户家或由这些户家繁衍的户家同属这个生产队，共同享有这个生产队的土地。是土地把这些户家紧密地连在了一起。

饲养处没了。牲口分了，三家一头牛，两家一头驴，一个早晨都牵着走了。屋拆了，木头卖了，砖头卖了。伍庄一队饲养处歪脖子枣树上挂着当铃敲的那块破犁铧，不知被谁早早地摘了下来，拿到供销社采购站卖了废铁。

玉皇庙人民公社改成了玉皇庙镇。"人民公社"成了历史。"大队"的叫法也去了，村和庄还是和以前那样叫，叫村的还是叫村，叫庄的还是叫庄。 大队书记改称村书记，大队长改称村主任，社员改称村民。

五爷不种瓜了。

一九八六年，五爷六十六。 生日这天五爷早饭吃的长寿面荷包蛋。 这天亲戚和五爷的孩子们都来给他祝寿。 锁住买了鸡、鱼、肉、排骨、酒、蔬菜、水果、点心什么的。 有孝敬老人的，也有招待亲友的。 雨窝给爹称的肉，从玉皇庙的肉摊上割了好大一块猪肉。 结实也来了。 结实是五爷姐姐的儿子，管五爷叫舅舅。 结实给舅舅买的长寿糕，买的瓶装好酒，买的盒装香烟。

结实拆开一盒香烟，弹出一支给舅舅。 五爷抽了半支就不抽了，说烟卷不如他的烟叶好抽。 席上，大伙儿喝着酒，吃着菜，说着话儿。 说改革开放的大好形势，说日子一年比一年好，说公粮，说提留，说摊派，也说计划生育，说得最多的是种地。 地里种什么好，种什么来钱快，种什么来钱多；怎么种才能把地种好，什么时候施肥，什么时候浇水；说到种子，锁住提醒大家，杂交棒子得一年一换种，伍二法见人家的棒子长得好，偷着掰了几个大棒槌当种子，种到地里光长棵子不长棒槌，一季庄稼瞎了。

结实想种瓜，向舅舅请教。 五爷说："种瓜有啥难的？ 在自己的承包地里种瓜，想种就种呗。 庄稼人有了地，金子也能种出来。"

"种瓜得瓜，种豆得豆。"

小超人空子里忽地冒出一句。

"啃你的排骨吧！ 乱插嘴，乱插嘴。 大人说话呢，小孩子乱插嘴！"锁住熊儿子。

五爷说：

"生产队时，瓜不是想种就种的。种瓜难，难在不是种瓜，难在揽下种瓜这个活。想种瓜的人不是一个两个，可说都想种瓜。种瓜有种瓜的好处。种瓜吃瓜这是不用说的，最贪图的是地边上那一圈儿豆角，地头上那两沟子南瓜。别看一圈儿豆角、两沟子南瓜，不少出东西呢！那时候粮食不多，吃的紧缺，有豆角、南瓜添补着，管好大事呢！想种瓜，就得动动脑筋，就得想想办法。"

"爷爷走后门。"

啪！锁住照着儿子的脊背就是一巴掌，嘴里骂着"熊孩子"。

五爷两眼狠狠地瞪着儿子。

锁住的头立时就低下了，说："净惯他，净惯他，惯得没个样儿了。"

爷爷做生日，最高兴的是孙子。五爷两个孙女，一个孙子，三个孩子数他小。小超是五爷掌上明珠，疼爱有加。

别说，熊孩子还真有熊的憨态，挨了一巴掌也没哭，一声也没哭，嘿嘿地笑着去了天井，和别的孩子一块玩去了。

五爷的眼瞪了一霎也就不瞪了，笑嘻嘻地说：

"俺小超说爷爷走后门，也就是走后门。别的不能，小打小闹的，一把豆角，一个南瓜，喝盅子酒，吃顿饭还是有的。这人嘛，受敬的多。东西不在多少，事不在大小，用人就得敬人。敬着人家，人家才给安排好活。

"把种瓜这个活儿揽到手了，还得把瓜种好。瓜长得好、长得多、瓜好吃，大伙儿分瓜多、吃瓜多，队长社员才拥护，才愿意让咱种瓜。要是瓜种得不好,下一年人家就不用了,砂锅子敲蒜——一锤子买卖。把队长抹和得再好,也不敢让种了。东西没有易来的,要想把瓜种好,就得舍得受累。"

五爷端起酒盅。满满的一盅酒,一口就喝下去了。

"喝,都喝了。"五爷催促道。

动筷吃菜。一阵忙活过后,锁住摸起酒壶,先给老爹满上,再由大到小,给众人将杯斟满。

"请人喝盅酒、吃顿饭,受点累把瓜种好,这些事儿还都不算难,要说难——"

小超一句"爷爷走后门",打开了五爷的话匣子。

五爷捋了一下下巴——

"要说难,就难在瓜熟了之后。"

结实有些不解,问舅舅:"瓜熟了之后,有啥难的?不就是看着、守着吗?不就是到了时候招呼队长卸瓜、分瓜吗?"

五爷说:

"看瓜守园,卸瓜分瓜,这些事都不难,难在和社员、街坊邻居处好关系。瓜熟了,大热的天,去瓜园的人都想吃个瓜。你想想,生产队的瓜谁不想吃?不吃白不吃,吃了白吃。可去个人就摘瓜吃,去个人就摘瓜吃,朝阳花大开头,也不是那么个事。真要那样,种半天瓜就甭分了。真要那样,队长不干,社员有意见,吃了瓜的有意见,没吃瓜的更是有意见。要是一把死拿,谁去了也不摘瓜,种一年瓜能挨三年骂。一个人不说好没事,两个人不说好也没事,不说好的人多了,就有事。

"白天去瓜园的,多半是些娘儿们,大热的天去瓜园喝口水,也想吃个瓜,给她们摘个梢瓜就行,摘个甜瓜她们就挺高兴。那些晚上去瓜园的,是专去逛瓜园的,都是些男的,都是些大老爷们，这些人去了，不能摘梢瓜，摘甜瓜也不大行，得摘西瓜，得切西瓜。 这些人是来吃西瓜的，给他摘个梢瓜或摘个甜瓜，他会好大不乐意。

"想种瓜，就得有个好人缘。 为了讨个好人缘，给逛瓜园的摘瓜吃，这叫不叫走后门？ 这也得说是走后门，走大伙儿的后门。 走一个人的后门好走，走两个人的后门也行，走大伙儿的后门不好走。 我为了走后门还犯了一个错误呢，一个伟大的错误！"

话到这里，五爷抻了起来，像是在闭门思过。

"爷爷……"

天井里，小超把着门框向屋里看着，像是有话要说。

"想吃啥？ 来……"五爷拿起筷子，夹起一个清氽羊肉丸等着孙子跑过来，向他张开小馋嘴。

小超却不为所动，向爷爷扮了一个鬼脸：

"爷爷……"

"咋啦？"

"老师说'错误没有伟大的'。"

错误没有伟大的？ 那是一个啥错误呢？ 五爷着实有些不明白，他觉着事情可是不小，他一直没敢说出来。

"我可是觉着犯了一个错误，犯了一个老大不小的错误。"

一个一个都一副聚精会神的样子，都想知道老人家在生产队里种了那么些年的瓜，到底犯了一个啥错误。

陆妮，也就是五奶奶，五爷的老伴，放下手中的活儿，也凑了过来。

"舅舅犯了一个啥错误？"结实先是问妗子。

妗子说："不知道。"

五爷种了这么些年的瓜，连朝夕相处的妻子都不知道他犯了一个啥错误。

一桌人都支起耳朵听。

五爷说："每年春天丈量瓜地时……"

每年春天丈量瓜地时，五爷总是在队长会计走了之后，偷着将瓜地多量出一锨把。席上，五爷道出了多年来一直埋藏在心底的一个秘密，也是多年来一直压在心头的一个老大不小的错误。

大伙儿听了，都哑然无语。都觉着五爷没犯错误，倒是犯了傻。一个老大不小的"傻"。

五爷说："咱种瓜，瓜不是咱自己的，是生产队的，是社员的，是大家伙儿的，要把瓜种好，还得给大伙儿把家看好。瓜熟了，瓜园里来个人，还想给人家摘个瓜吃，还想为自己讨个好人缘，起码不去得罪人，这就两难了。偷着多量出一锨把地，自己受了累，还不多挣工分，图的就是额外多种些瓜，多长些瓜。有这一锨把地做底，这个那个的来到瓜园里，给人家摘个瓜吃，自己心里就觉着坦然些，就觉着踏实些，有自己的一锨把地呢！"

结实细细一想，觉着舅舅犯的这个错误还确实有些伟大。

"种了那么些年的瓜，有不逛瓜园的吗？"结实一本正经地问舅舅。"有。人家方正和华子爷儿俩就不逛瓜园。"五爷不假思索地说。

"舅舅，听人家说，生产队时伍庄种瓜种得好的是您。"

五爷想了想说："瓜种得好还是方正。"

二〇二三年五月一日